# 요시모토 바나나

요시모토 바나나는 1987년 데뷔한 이래 '가이엔 신인 문학상', '이즈미 교카상', '야마모토 슈고로상', '카프리상' 등의 여러 문학상을 수상하면서 일본 현대 문학의 대표적인 작가로 꼽히고 있다. 특히 1988년에 출간된 『키친』은 지금까지 500만 부가 넘게 판매되었으며, 미국, 독일, 프랑스, 이탈리아, 스페인 등 전 세계 30여 개국에서 번역되어 바나나에게 세계적인 명성을 안겨 주었다. 열대 지방에서만 피는 붉은 바나나 꽃을 좋아하여 '바나나'라는 성별 불명, 국적 불명의 필명을 생각해 냈다고 하는 그는 일본뿐 아니라 전 세계에 수많은 열성적인 팬들을 두고 있다. "우리 삶에 조금이라도 구원이 되어 준다면, 그것이 바로 가장 좋은 문학"이라는 요시모토 바나나의 작품은, 이 시대를 함께 살아왔고 또 살아간다는 동질감만 있으면 누구라도 쉽게 빠져들 수 있기 때문이다. 국내에는 『키친』, 『하치의 마지막 연인』, 『암리타』, 『하드보일드 하드럭』, 『아르헨티나 할머니』, 『데이지의 인생』, 『그녀에 대하여』, 『막다른 골목의 추억』, 『사우스포인트의 연인』, 『도토리 자매』, 『스위트 히어애프터』, 『N.P』, 『어른이 된다는 건』, 『바다의 뚜껑』, 『서커스 나이트』, 『주주』, 『새들』, 『여행 아닌 여행기』, 『애틋하고 행복한 타피오카의 꿈』, 『꿈에 대하여』, 『나와 맞지 않는 것을 하지 않는 것』 등이 출간, 소개되었다.

# 손모아 장갑과 가여움

MITON TO FUBIN
by Banana YOSHIMOTO


Japanese original edition published by SHINCHOSHA
Publishing Co., Ltd.

Korean translation edition is published by arrangement
with
Banana Yoshimoto through ZIPANGO, S.L.

# 손모아 장갑과 가여움

요시모토 바나나 소설집 · 김난주 옮김

민음사

일러두기

1 본문의 각주는 모두 옮긴이 주이다.

# 차례

## 꿈속

가나자와에는 한 번 간 적이 있다.

그러나 모든 여정이 흐릿하고 애매해서, 지금은 이동했던 장소도 특정할 수 없으리만큼 엷은 감촉밖에 남아 있지 않다.

당시 남자 친구가 비행기를 싫어해서 무슨 일이 있어도 기차를 타고 가야 한다고 고집을 부렸다. 신칸센이 다니지 않던 때라 시간이 무척 걸렸다. 나는 짜증이 많이 났고, 급기야 우리 둘은 말다툼을 했다. 숙소도 내가 원했던 일본식 여관이 아니라 비즈니스호텔이나 다름없는 곳이었다. 강도 보이지 않고 정취도 없었다. 호텔 레스토랑에서 성의도 없고 미적지근한 지역 요리를 런치로 먹으면서 나는 투덜거렸다. 남자 친구는 "그런 말 하면 안 되지." 하고 말했다.

나는 화가 머리끝까지 나서 "갈래." 하고는 자리에서 일어났다. 방으로 돌아가 천천히 짐을 꾸렸는데 그는 쫓아오지 않았다. 둘 사이에 이제 그만 마무리를 지을 때다 싶은 분위기가 감돌았으니, 나는 됐지 뭐, 하고 멍하니 생각했다. 사귄 지 일 년, 마음이 잘 맞는 사람은 아니었다. 여행 와서 헤어지다니, 하는 생각도 들었다. 하지만 어쩔 수 없었다. 나는 원래가 비행기를 엄청 좋아해서 하늘을 나는 내내 가슴이 설레고 창가 자리에서 바깥을 내다보느라 화장실에도 가지 않는 인간이었으니 맞지 않는 게 당연하다.

공항에 가서 티켓을 사 돌아가려고 했다. 돌아갈 때는 무슨 일이 있어도 비행기! 하고 생각했으니까.

그런데 호텔에서 나와 백 걸음쯤 걸었을 때 퍼뜩 기억이 떠올랐다. 가나자와가 고향인 손위 지인이 이날 저녁을 같이 먹자고 가게를 예약해 놓았던 것이다.

'기껏 왔는데 하룻밤 자고 가지 뭐.' 하고 생각을 바꿨다. 여관에서 그냥 묵기만 하기는 어려울 것 같아 빈방이 있는 호텔을 찾았다. 후련했다. 그와 화해를 하고 감미로운 밤을 지내려 애쓰는 것조차 귀찮게 여겨졌기 때문이다.

늦은 저녁, 약속 시간이 다가와 혼자 그 가게로 갔다. 남자 친구는 오지 않았다. 휴대 전화가 없는 시절이었으니 연락할 방법이 없었다. 만약 마음을 바꿔 나를 찾으려 했다면 가게로 오는 수밖에 없는 터라 나는 내심 안도했다. 즐거웠던 때를 떠올리면 조금 허전하지만 이제 끝났네, 이제 마음껏 마실 수 있겠네, 하고.

카운터 자리만 있는 전통 음식점이었다. 젊은 주방장과 여주인이 있었다. 옆으로 나란한 자리에 어쩌다 지인의 친구가 둘 와 있어 소개받았다. 이 가게를 가르쳐 준 지인은 고향에 내려오면 이런 곳에서 이런 사람들과 술을 마시나 보네 하고 납득하면서 옆자리에 앉았다

주방장이 알아서 내주는 요리는 모두 호텔에서 먹었던 요리보다 백배는 맛있어 나는 자유로움과 행복을 느꼈다. 사시미의 단면이 반들반들 빛났다. 이 지방 특유의 달콤

하고 진한 간장이 두툼한 사시미에 정말 잘 어울렸다.

“혼자 여행 왔나?” 하고 지인의 친구인 아저씨가 어색하게 물었다.

“네. 남친이랑 싸우고 헤어져서. 헤헤헤.” 하는 내게 추파를 던지는 일도 없고 “그런 때라니 꼬드길 수도 없겠군.” 하고 밝게 말해 주는 품위 있는 사람들이었다. 여주인이 농담조로 나를 지켜 주기도 해서 마음 놓고 술을 마시고 얘기도 나누며 식사를 했다.

11시쯤에 걸어서 호텔로 돌아갔다. 아저씨들은 신사적으로 호텔까지 데려다주었다.

“그럼 나는 이만 여기서. 볼일이 좀 있어서 말이야.”

하고 아저씨가 말했다.

“나도 단골가게에서 한잔 더 하고 가야겠군.”

하고 또 다소 연배가 있는 할아버지가 말했다.

그리고 두 사람은 어둠 속으로 사라졌다. 좁은 골목길 안으로 쓰윽 안개 속으로 사라지듯이.

그리고 몇 년이 지나 ‘볼일’이 있다던 그가 병으로 돌아가셨다는 소식을 지인을 통해 들었다.

내 마음속 그는 평생 검은 재킷을 반듯하게 입고 검은

밤 속으로 녹아든 멋진 모습 그대로다. 다시는 볼 일 없는 사람의 뒷모습은 꿈에서 본 광경처럼 아름다웠다.

마술을 보여 주었던 그의 동행 할아버지도 저세상으로 떠났다고 들었다. 젓가락 봉투를 마술로 태워 여주인에게 혼이 났더랬다. 그는 대학교수였다. 이 도시가 좋은 추억으로 남기 바라며 내게 저녁을 사 주었다.

그 밤, 그 가게에서 가장 젊었던 나. 그다음은 삼십 대였을 여주인과 주방장. 손위였던 두 사람은 이제 없다.

그렇게 생각하면 그 가게 자체가 이미 밤의 어둠 위로 부옇게 떠오른 환영처럼 여겨진다.

그렇게 구슬픈 인상의 도시였는데, 그로부터 삼십 년이 지나 남편 된 사람과 딸과 셋이 다시 찾아보니 전혀 다른 얼굴이었다.

우선 번쩍거리는 거대한 신칸센 역, 역 앞에는 버스가 무수히 오가는 버스 스테이션이 생겼고, 외국 사람도 많았다. 중국어, 한국어, 영어. 일본어가 들리는 일이 드물 정도다.

역으로 마중 나온 숙소의 버스는 생각보다 컸고, 여러

사람이 함께 탔다.

그리고 꽤 먼 거리를 이동해 깊은 산속으로 들어갔다.

숙소로 들어서자 버스에 탔던 사람들 말고 다른 단체 손님들도 체크인 중이라 로비가 북적거렸다. 대욕장에도 사람이 많았다. 사람 참 많네, 하면서 딸과 움츠리고 옷을 갈아입고 있는데 수군덕거리는 소리가 들렸다. ○○ 씨와 연회하는 거 가기 싫은데, 또 얼마나 설교를 해 대겠어. 먼 자리에 앉으면 되잖아, 옆에는 ○○ 씨 앉으라 하고.

옛날에 일하던 디자인 사무실에 바쁠 때만 나가서 단기로 일하는 전업주부인 나는 큰 회사에 다니는 사람들은 힘들겠네, 하고 생각했다. 물은 아주 매끄러웠지만 대욕장 어디를 둘러보아도 그 단체 사람들뿐이었다.

"오늘쯤은 마음껏 얘기하게 놔둬."

"부인이 있는 사람을 좋아하면 안 되지, 노골적으로 들이대면 넌지시 주의를 주자고. 하지만 그다음은 피차 어른이니까, 쉬하게 말할 수 없지 뭐."

"우리한테도 영향이 있잖아."

"이제 그만하면 좋겠어, ○○ 씨."

"○○ 씨, 평소에 자기 얘기 별로 안 하니까 이런 때라도 얘기해 주면 좋겠네."

본의 아니게 사내의 무시무시한 인간관계 얘기를 듣게 되는 건가 싶어 진저리를 쳤는데 내용이 그렇지도 않았다. 뭐라 말할 수 없이 느낌이 좋은 사람들이라 뒤통수를 얻어맞은 기분이었다.

저녁 메뉴는 온통 게였다. 남편도 나도 딸도 말없이 게로 배를 채웠고, 맛있는 밥도 먹었다. 방으로 돌아와 잠시 쉬고 있으려니 아홉 살 난 딸이 투덜거렸다.

"아이, 심심해. 어떻게 이렇게 빨리 자."

"그럼 우리 한잔하러 나갈까? 너는 주스."

셋이 방을 나서 호텔 안에 있는 선술집으로 갔다.

안내 표시를 따라 죽 걸어가다 선술집이라는 이름에 어울리지 않게 엄청 넓은 연회장 같은 지하의 요상한 장소에 도착했다. 너무 넓어서 조식 레스토랑에 잘못 들어왔나 했다. 저녁 먹는 레스토랑은 다른 층에 있었으니 이 호텔이 얼마나 넓은지 실감했다.

손님은 드문드문 앉아 있었다. 중국인 웨이터가 주문을 받으러 다가왔다. 딸은 "콜라랑 다코야키!" 하고 말했다. 나와 남편은 맥주만 주문하고 딸 앞으로 나온 다코야키를 한 입 두 입 먹었다.

"평화로운 여행이네." 하고 두런두런 얘기하던 것도 잠시, 아까 그 단체 손님들이 전원이 아닐까 싶을 만큼 우르르 몰려 들어와 우리 자리를 에워싸고 말았다. 더구나 유카타 차림.

저녁을 먹으며 술잔을 기울인 사람들이다 보니 이내 귀가 따가우리만큼 소란스러워졌다. 자리를 바꾸자느니, 누가 누구 옆에 앉고 싶다느니! 우리 옆자리에 사장이 앉은 탓에 사원들이 번갈아 술을 따르러 왔다.

더는 앉아 있을 수 없었고, 마침 먹고 마실 것도 다 떨어져 자리에서 일어났다. 사장 반대쪽에 앉아 있던 젊은 청년이 "시끄럽게 해서 죄송합니다. 미안, 꼬마 아가씨." 하고 우리와 딸에게 말했다.

"여러분 모두 같은 회사에 다니시나요?"

내가 물었다.

"네, 그렇습니다. 이 고장에서 가장 큰 회사죠. 석유 관련 ○○입니다."

"그러시군요. 여기 사는 사람이 아니라서 잘 모르지만 다들 사이가 좋고 즐거워 보이네요."

하고 내가 말했다.

그는 자랑스러운 듯 고개를 끄덕거렸다.

우리 세 식구는 손을 맞잡고 긴 복도를 걸어 방으로 돌아왔다.

그렇게 소소하고 행복한 여행이었는데 지금도 신기한 생각이 든다. 선술집의 압도적인 크기. 벽에 걸려 있던 이상한 문어 그림. 그처럼 많은 사람과 시끄러운 소리에 에워싸여서도 식구끼리 생맥주와 콜라를 마시고 다코야키를 먹을 수 있었던 일. 욕탕에서도 선술집에서도 함께였던 무수한 여자들과 같은 회사에 다닌다는 착각이 들 만큼 인간관계를 파악하고 만 것.

꿈이었다고 해도 수긍할 수 있었다.

어쩌면 그 도시는 그런 장소였는지도 모르겠다. 모든 것이 환영처럼 아름다운 안개에 싸인 신비로운 자장 안에서, 모두가 꿈속을 살고 있다.

딸은 지금도 말한다.

"그 넓은 선술집에서 다코야키를 먹을 때가 제일 즐거웠어."

그 말을 듣고서야 그게 정말 있었던 일이라고 생각한다.

# SINSIN AND THE MOUSE

그의 얼굴이 너무도 귀엽게 생겼고, 눈매는 또렷하고 속눈썹도 길어서, 그런데 키는 185센티미터는 되는 데다 울룩불룩 우람하게 단련된 몸이어서 내 첫인상은 이랬다.

'어째 합성 사진 같은 인상이네.'

어둠 속에 덩그러니 떠 있는, 그런 이상한 인상뿐.

타인과 알게 된다는 건 그런 일에서 시작될 뿐이다. 그런 작은 인상이 점차 끊이지 않는 흐름을 이루고, 조금씩 무시할 수 없는 수류가 되고, 거기에 큰 마음이 보태진다.

언젠가 이 작은 흐름이 바다로 흘러들 수도 있다는 생각은, 처음에는 절대 하지 못한다.

돌아가신 어머니의 유산이 들어왔다. 그렇게 많지는 않아도 내게는 나눌 사람도 달리 없었다. 그건 좋은 일 같지만 슬픔을 나눌 사람이 없다는 뜻이기도 하다.

아주 조금은 자신의 즐거움을 위해 허투루 써도 되리라는 생각에 친구의 라이브 공연을 빌미 삼아 타이베이에 놀러 가기로 했다.

나는 줄곧 어머니와 단둘이 살았다. 어머니가 오래도록 투병 생활을 했으니까 그녀의 죽음에 대해서는 마음 정리할 시간이 충분히 있었을 것이다.

그런데 오래 계속되었던 긴장 상태의 간병이(입원하고서는 면회가) 갑자기 사라지자 구멍이 뻥 뚫린 듯 허탈하고, 어머니를 만날 수 없는 하루하루가 의외로 무겁고 슬퍼서 석 달 동안 거의 아무도 만나지 않고 아무것도 하지 못했다. 악몽 속에 떠도는 것처럼 마냥 암울한 기분으로 그저 하루하루를 지냈을 뿐이다.

그러나 지나기만 하는데도 무언가가 저절로 회복되어

간다.

그런 때 친구이자 싱어송라이터인 마사미치로부터 메일을 받았다.

'타이베이에 있는 라이브하우스에서 공연하는데 기분 전환 삼아 가지 않을래?'

마사미치는 팬이던 젊은 여자와 막 결혼한 때여서 그 타이완 여행은 신혼여행을 겸하고 있었다. 공연이 끝나면 바로 일월담(르웨탄) 호수와 타이난을 돌아본다고 한다.

신혼부부를 따라다닐 수는 없으니 공연 뒤풀이가 끝나면 타이베이에서 바로 돌아오기로 했다. 그렇게 절반은 나 혼자 여행 같은 느낌이 좋다고 생각했다.

아직은 타인에게 마음 쓸 수 있는 상태가 아니었다.

짐을 싸는 중에 어머니가 돌아가셨다는 사실을 몇 번이나 잊고는 '엄마 선물로 뭘 사 오지.' 하고 생각했다.

'아, 그렇지. 이제 아무것도 사 올 필요가 없네.'

그러고는 또 눈물을 흘렸다.

몸도 마음도 붕 뜬 것처럼 현실감이 없어서 실제로 여행을 하려고 짐을 싸는 것 같지 않았다. 현실에서는 매일 옷을 갈아입으면 빨래가 생기고 걷다 보면 신발이 더러워지는데, 그런 생생한 일을 아무리 거듭해도 모든 것이 내게서 동떨어져 있는 듯한 이상한 느낌이었다.

누군가와 함께 산다는 것은 사실은 아주 큰 일이다. 선물 하나만 해도 인사 차원에서 나누어 주는 기념품과는 다르다. 뭘 사 가면 좋아할까, 나 없는 동안 허전했을 테니까 돈 좀 써서 이걸 사다 줄까. 같이 사는 사람에게 줄 선물을 고르는 마음은 그런 예쁜 블록으로만 쌓여 있다.

예전에 타이베이에 갔을 때, 마쓰야마 공항의 색감이 알록달록한 의자와 오브제가 줄지어 놓인 게이트 앞에서 마지막 순간까지 차와 가방과 벌레 물린 데 바르는 약과 건강 식품과 CD를 골랐던 그날의 내게는 집에서 나를 기다리는 사람이 있었다.

"아, 이제 시간도 없는데. 빨리 엄마 선물 골라야 하는데 어떡해!"

그것이 없어지고 나서야 알 수 있는, 가족이 있다는 행복의 본질이다.

옛날에는 엄마랑 둘이 여행도 자주 했는데 엄마가 입

원과 퇴원을 반복하면서 체력이 떨어지자 그런 일도 없어졌다.

그래도 내가 친구와 여행을 다녀오면 엄마는 "사진 좀 보여 줘 봐." 하면서 마치 손주 사진이라도 보는 표정으로 내 휴대폰을 바라보곤 했다. 사실은 부럽기도 하고 몸을 일으켜 같이 가고 싶기도 했을 텐데, 그렇게 부모이도록 애써 주었다.

그 마음에 답하려고 나 역시 마음을 다해 선물을 골랐다.

선물 하나로 엄마의 수명이 길어지는 수도 있다 할 정도의 진지함으로.

그 또한 행복의 다른 얼굴이다.

우리 아빠와 엄마는 내가 어렸을 때 이혼했다. 엄마는 어지간한 볼일이 있지 않는 한 아빠를 만나고 싶어 하지 않아서 나만 간혹 만나 식사를 같이 했다. 그래 주면 니야 안심이라고 말한 적도 있으니 엄마가 아빠를 미워한 것은 절대 아니었으리라.

평소에는 못 가는 좀 세련된 이탈리안이나 프렌치 레스토랑에서 웃으며 서로의 근황과 그 레스토랑 음식 얘기를 하고는 또 그에 얽힌 서로의 일화를 얘기하고.

얼마 전에 반숙을 만들려다 실패해서 샐러드에 노른자가 쏟아지고 말았어. 아빠는 미국 출장 갔다가 도착 당일에 만나서 식사하기로 한 사람이 독감에 걸려 몸져누운 바람에, 혼자 호텔 레스토랑에 가서 글라스 와인을 주문했는데 계산서를 제대로 보지 않아서, 그리고 왜 노안경 쓰지 않으면 어두운 데서는 글자가 잘 안 보이거든, 그런데 와인이 병으로 나왔기에 할 수 없이 혼자서 열심히 마셨지 뭐.

비싼 레스토랑에서 아빠가 사 주는 밥을 먹으니 가령 싫어하는 게 나와도 두말 않고 집어삼키듯 먹기도 하고.

그렇게 지금 서로가 얼마나 멀리 떨어진 곳에 있는지, 자신들의 관계가 얼마나 친밀감이 없고 돌이킬 수 없는 것인지를 절실하게 확인하고는, 그럼에도 깊이 싫어하지는 않는다는 사실에 매달리는 듯한 기분을 함께하고, 용돈까지 받고, 엄마에게 뭐라도 사다 주라는 말도 듣고, 피가 이어진 손과 손으로 악수를 하고 헤어진다.

좋은 것도 싫은 것도 아닌, 조금은 눈앞이 아득해져 빨리 집에 돌아가고 싶어지는, 아빠와 나는 그런 시간을 보내는 관계였다.

그러니 엄마가 돌아가셨다고 내가 이미 다른 여자와 결혼해서 아이까지 있는 아빠 곁으로 갈 가능성은 조금도 없었다.

친부모가 있는데 갈 곳이 없어 조금 외로웠지만 나는 이제 어른이라 그 사람은 다른 집 아빠라고 생각하고 있었다.

도쿄에서는 친구와 함께든 혼자든 상관없이 엄마와 함께 갔던 모든 장소에 갈 때마다 눈물이 그치지 않았고, 뭘 봐도 엄마가 떠올랐다. 마치 사랑에 빠진 사람처럼 내내 엄마 생각만 했다.

타이완에는 엄마와의 추억이 선물을 골랐던 일과 호텔에서 매일 아침 통화했던 일 정도다.

그러니 타이완이 나를 안도하게 해 줄지도 모른다고 생각했다.

그런데 생각이 짧았다.

타이베이는 대도시가 되었지만 좀 들어간 골목길이나 사람들의 소박한 친절, 노점이 줄지은 분위기가 마치 내 어린 시절의 일본 같았다. 필연적으로 나는 엄마와 둘이 지내던 내 어렸을 때를, 그저 걷기만 하는데도 지겨울 정도로 떠올리게 되었다. 하지만 생각보다 슬픈 느낌은 아니어서 자신이 좋은 추억을 품고 있다는 행복을, 눈물을 그렁거리면서 솜사탕을 먹는 것처럼 포근하게 확인하는 조금은 달콤한 느낌이었다.

마음먹고 묵은 5성 호텔의 로비를 장식하는 음전한 불상의 얼굴이 엄마를 너무 닮아서 일찌감치 눈물을 글썽인 나……는 밖에 나갈 기력마저 잃고 말았다. 그래서 호텔에서 파는 빵을 사 주린 배를 채웠다.

그리고 라운지에서 와인을 한잔 마시면서 안주로 나온 땅콩을 먹고 방으로 돌아왔다. 그다음에는 오직 잠을 푹 잤다. 샤워를 제대로 했는지조차 기억하지 못할 만큼 잤다.

라운지는 언제나 사방에서 다른 나라 말이 자글자글 들려왔다. 그런 장소였기에 오랜만에 곤한 잠이 찾아온 것이리라.

잠은 엄마 생각으로 곤두선 내 신경 속에 미세하게 배어 숨죽이고 있었던 것 같다. 그러다 둥실 떠올라 표면으로 드러난 느낌이다. 새하얀 호텔 방에는 내 집에 혼자 있을 때는 절대 느낄 수 없는 도회적인 고독이 있었다.

나는 지금 엄마의 혼을 모바일 속 엄마와 함께 지니고 다닌다, 하고 느꼈다. 집에 힘겨워하는 엄마의 몸이 있을 때와는 전혀 다르다. 그래서 기꺼이 비행기를 탈 수 있었고, 몸과 마음이 가벼워지고 엷어지다 못해 공기에 녹아 사라져 버릴 듯했다.

호텔 방의 두꺼운 커튼은 애처롭게 빛나는 눈부신 바깥세상의 생명의 빛으로부터 나를 차단해 주었다.

집에 있으면 화장실에 가는 엄마를 부축해 드려야 한다는 생각에 지금도 밤중에 잠이 퍼뜩 깨고 만다. 그리고 아무도 없는 집 안에서 잠시 운다. 너무 토해서 위액밖에 나오지 않는 사람처럼 내 눈에서도 눈물은 이제 그다지 흐르지 않는다.

아무튼 그날의 나는 거의 죽은 사람처럼 꿈 한번 꾸지 않고 깊이 잤다. 낯선 도시의 낯선 방이 나를 과거의 모든 것에서 끊어 내주었다.

그래서 감사하지 않을 수 없었다.

내 감정은 아직은 조금밖에 움직이지 않아(많이 움직

이면 슬픈 생각도 하게 되니 절로 에너지 절약 모드로 움직이게 되었다.) 작은 감사가 맛깔난 양념처럼 내 마음에 토독토독 뿌려졌다.

아침, 커튼을 젖히고 부연 빛에 싸인 타이베이의 복작복작한 거리와 저 멀리 타이베이 101의 뾰족한 모습을 봤을 때 '이제 엄마가 없네.' 하고 평소의 몇 배는 절실하게 생각했다.

'그러니까 나 혼자 이런 곳에 있을 수 있는 거네.' 하고.

요즘 나는 엄마의 마지막 생명에 매달리듯 산 탓에 몸에서 힘이 빠지지 않아 느긋하게 지내기가 무서웠는데, 엄마가 돌아가시고서 처음 힘을 뺄 수 있었다.

몸도 마음도 텅 비어 있었다. 마치 해변의 모래사장에 납죽 앉아 눈앞에 펼쳐지는 바다를 보고 있는 듯한 기분이었다. 이다음 큰 파도가 밀려오면 일어나야지, 아, 와 버렸네, 그럼 이다음……. 그렇게 중얼거리면서 알게 모르게 몇 시간이나 보내고 마는 그런 느낌.

예전에 친구와 관광하러 왔다가 오른 타이베이 101 꼭대기에서 경치 사진을 찍어 엄마에게 바로 보냈던 것도 기억한다. 그때는 엄마가 살아 있었기에 '이렇게 높은 곳에 올라갔구나, 괜찮아? 거기 사람 많니?' 하는 엉뚱한 회신이 금방 왔다.

나 괜찮지 그럼, 야경이 아름다워, 사람도 많고.
엄마 나중에 샤오룽바오 사진도 보내 줘.

행복한 대화, 살아 있는 사람끼리, 육체가 있어 같은 시간대에 존재하고, 사실은 서로를 이해할 수 없는데 아무튼 기분을 전달하려 늘 열심이고. 그것이 인간끼리의 허망한 이음.

이제 내게는 언제든 내 연락을 기다려 주는 사람이 없다.

나는 아직 서른 살. 하지만 나이를 잊어버릴 것만 같았다. 엄마의 죽음을 지켜보는 동안은 아기가 되기도 하고, 엄마의 엄마가 되기도 하고, 같이 죽어 가는 이미 아무것도 남지 않은 노파처럼 여겨지기도 하고, 내 진짜 나이와 얼굴과 모습을 잊어버릴 것 같았다.

그리고 이제부터는 나 혼자.

지금 내 시간은 내 것, 언젠가 아기를 키우는 날이 올 때까지는 전부 내 것이다. 그렇게 생각해도 조금도 기쁘지 않았다. 그보다 엄마를 만나고 싶었다. 조금이라도 기뻐할 수 있다면 좋을 텐데!

그렇게 생각하며 심호흡을 했더니 약간 열린 창문으로 불어 든 후끈하면서도 상쾌한 바람에서 남국 특유의 냄새가 났다. 도시의 열기, 잡다한 것들이 뒤섞이고 먼지 낀 냄새, 그리고 훅 끼치는 짙은 녹음의 냄새, 달콤한 과일 같은 냄새.

라이브하우스에서 매니저 일을 계속하고 있었는데 엄마를 간병하려고 작년에 그만두었다.

내가 다니던 회사는 세계 여러 도시에서 라이브하우스를 운영했다. 언제나 현장에서 일하는 인력이 부족했다. 어쩌면 돌아갈 수 있을지도 모르고, 돌아갈 마음도 없지 않지만 아직은 생각하고 싶지 않았다. 한동안 무직으로 지낼 수 있었으면 싶었다.

엄마의 옷과 소소한 물건과 편지를 정리하면서 아무리 힘들고 슬퍼도 상관없으니 오직 혼자서 조용히 울고 싶었다.

깔끔한 사람이라 지닌 것이 적어 그렇게 바랄 수도 있었으리라. 그건 알고 있었고 무척 고맙기도 했다. 정리할 수 없고 정리되지도 않는 유품이었다면 눈물은커녕 분노가 치밀었을 것이라고 생각한다. 혹은 그쪽이 마음은 더 편했을지도 모르지만.

그래도 일할 수 있었던 마지막 시기, 엄마는 날마다 의식적으로 물건을 줄여 갔다. 나는 그 모습을 보면서도 회피했다. 무슨 준비를 하는지 묻고 싶지도 생각하고 싶지도 않았다.

"몸이 마음대로 움직여지지 않으니까 움직이기 쉽게 정리하는 거야."

엄마는 그렇게 늘 친절한 거짓말을 했지만, 정리하면서 과거를 그리워하고 하나하나 추억을 품에 껴안는 것처럼 진지한 눈길이었기에 금방 알 수 있었다.

"치즈, 네가 있어서 엄마 인생도 있었던 거야. 너는 엄마 인생의 전부였어. 이렇게 말하면 네게는 무거울지 모르지만, 그날 엄마 몸에서 태어난 너를 만나고, 키우고, 매일 얘기하고, 울고 화내고, 떨어졌을 때는 너를 곧 다시 만날 수 있다는 게 즐거움이었어. 네가 살아 있다는 것만으로도 자랑스럽고, 네가 정말 엄마 마음에 드는 사람으로 성장해서. 지금 생각하면 너를 사랑했던 일이 엄마 인생의 전부였어. 그 정도로 하루하루가 기뻤어. 좋아하는 사람과 함께 지낼 수 있었던 거, 신에게 감사한다. 이렇게 정리를 하고 있으려니 엄마 인생에서 멋졌던 일 거의 대부분이 너였다는 걸 알겠네. 훌륭하게 커 줘서 고맙다."

정리하며 새삼스럽게 한 말이 유언이었다고 생각한다.

아이, 뭐래, 무겁잖아. 불길하게. 물론 그때는 그렇게 생각했다.

나는 어렸을 때부터 알고 있었다. 엄마가 나를 사랑하고, 의지하고, 만나고 싶어 하고, 뭘 하든 어디에 있든 나 중심이었다는 것을.

그래서 무겁기도 했지만 무척이나 아름답고 가벼운 것도 분명히 있었다.

마치 새의 깃털처럼 두둥실 날아다니고, 완벽한 조형에 보고 있으면 황홀해지는 것. 날개옷 같은, 오로라 같은 것.

자유롭게 바람을 타고, 여유 있는 것.

맑은 뜨물 같은, 바로 거기에 엄마의 본질이 있었다.

소중한 것은 한데 모으고, 옷가지는 하나씩 정리하면서 예쁜 것은 드라이를 해서 내게 남기고. 그렇게 엄마의 마지막 날은 지나갔다.

아빠가 사업에 성공해서 더없이 고마웠다. 그 성공이 부부를 이혼하게 했겠지만 그의 경제적인 지원이 없었더라면 나는 엄마를 마음 편히 한껏 간병하지 못했을 것이다.

아무튼 모든 것은 끝났다. 이렇게 되었으니 어쩔 수 없다.

낯선 도시, 새 아침, 남쪽 나라 특유의 평온한 빛.

침울하지는 않았다. 침울할 만큼의 힘조차 없었다고 할 수 있다. 갓 태어난 병아리처럼 맥없는 기분이었지만 냉장고에 든 생수를 한 모금 두 모금 마시다 보니 조금씩 차분해지고 배에 힘이 돌아왔다. 그리고 살아 있어서 즐겁다고 조금은 생각할 수 있게 되었다. 그런 생각이 든 것도 오랜만이었다. 엄마의 임종을 지키는, 죽음의 색 콘택트렌즈가 겨우 빠진 듯했다. 세계가 온통 새로워 보인다. 힘차게 반짝이는 것은 아니다. 아름다운 색채가 저릿저릿

배어드는 느낌이었다.

마사미치가 기껏 타이베이에 있는데 공연 전에 런치라도 같이 하자고 해서 샤오룽바오 가게에서 만나기로 했다.

최근 들어 인기 있는 깜찍하고 세련된 잡화점이 줄지은 푸진지에라는 거리에 있는 노포였다. 그 옆에는 유명한 타피오카 체인점이 있었다.

타이베이 거리에는 마치 남쪽 섬나라처럼 나무가 많다. 길은 유난히 넓고 탁 트였다. 야자와 소철과 고무나무가 곳곳에 서 있고, 짙은 분홍색 부겐빌레아 꽃이 색감을 더한다. 모든 식물의 잎사귀 색이 일본보다 한결 짙었다. 여름은 이제 시작이라는데 햇살의 강렬함은 한여름 같았다. 먼지가 많고 길의 포장 상태가 좋지 않은 게 단점이지만 그 덕분에 여행 기분은 오히려 고조되었다.

택시를 타고 그렇게 사방을 바라보면서 도착했을 때 마사미치와 부인 삿짱은 벌써 그 간소한 가게의 동그란 의자에 앉아 있었다. 길에서 안이 훤히 보이는 가게였고, 테이블은 내가 '라면 가게 테이블'이라 부르는 표면이 매끈거리고 다리가 가는 싸구려였다. 테이블 크로스도 얇고 끈적거리는 비닐. 그러나 가게는 손님이 꽉 들어차 만석이고, 각 테이블에서 사람들이 떠들어 대는 소리가 하나 된 커다란 소리와 무수한 샤오룽바오를 간식처럼 와구와구 먹는 모습의 열기가 넘쳐흐를 듯했다.

"미안해, 늦어서."

내가 말했다.

"우리도 지금 막 왔어."

그가 웃는 얼굴로 말했다. 삿짱은 키가 훌쩍 크고 예쁜 여자로 가녀린 귀에 꽃모양 커다란 귀걸이를 하고 있었다. 결혼식에서 만난 후로 처음이라 나는 웃으면서 그녀에게 인사했다.

나는 아주 오래전에 마사미치와 잠깐 사귄 적이 있다. 삿짱은 그 과거도 아는데 질투하는 눈치는 아니었다. 어쩌면 억누르고 있는지도 모르지만 적어도 엄마 장례식에 왔을 때나 이때나 진심 어린 애도의 말과 태도로 대해 주어 그런 섬세함이 반가웠다. 지금은 유치한 질투나 과거의 감정 같은 힘이 센 것은 전혀 받아들일 수 없다고 생각했기 때문이다.

그때,

"실례합니다."

하며 뒤에서 불쑥 나타난 사람이 신신이었다.

앞에서 말했듯이 잘 단련된 단단한 인상과 키를 비롯해 모든 것이 크고 왠지 무서운 사람이라는 느낌이 들었다.

그는 입구 근처의 쇼케이스에 든, 고를 수 있는 단품 요리를 그 큰 손바닥에 몇 접시나 가져왔다. 청경채볶음과 무와 당근채절임 같은 것, 새콤달콤해 보이는 어묵조림.

"처음 뵈어요. 미쓰오카 치즈미라고 해요."

내가 인사했다.

"신신입니다. 본명은 다카와 신고지만 다들 신신이라고 부르죠."

다소 코맹맹이 소리처럼 울리는 목소리가 인상적이었다. 도수 없는 안경을 끼고 있었고, 목이 몹시 굵었다.

"신신은 삿짱 친구야. 아버지는 일본 분이고 어머니는 타이완 분이지. 오늘 밤 공연에도 온다는데, 치즈 혼자니까 괜찮으면 같이 오랄까 해서."

마사미치가 말했다.

"저 지난번 회사 그만뒀을 때 타이베이에서 석 달 동

안 어학연수를 했어요. 그때 같이 어울려 놀았어요. 신신이랑 신신의 그녀랑."

삿짱이 말했다.

"아쉽게도 그녀와는 헤어졌지만."

신신이 웃으면서 말했다.

"그리고 신신의 어머니는 타이완에서 유명한 모델이자 배우였어. 지금도 배우 활동은 하고 있고."

마사미치가 그렇게 말하고 신신의 어머니 이름을 가르쳐 주었다. 모르는 이름이라 나중에 검색해 보자고 생각하며 메모해 두었다.

"평소에는 타이완에서 생활하세요?"

내가 물었다.

"복수 국적입니다. 하지만 부모님이 이혼해서 저는 아버지와 일본에 살고 있어요. 도쿄 시부야구. 타이완에는 가끔 어머니를 만나러 옵니다. 이쪽에서 하는 일도 있고요. 어머니 집에서 묵지만 그녀는 바빠서 거의 집에 없죠. 그래도 부담 없이 묵게 해 줍니다. 어쩌다 만나면 같이 식사도 하고요. 어릴 때는 여기서 살았기 때문에 타이베이를 아주 좋아합니다. 이 나이가 되도록 일본말이 서툴러서 설명적이라는 말을 자주 듣습니다."

신신이 그렇게 말했다.

신신은 보통 사람보다 덩치가 커서 몇 마디 대화를 나누려 해도 올려다보는 꼴이 되었다. 목이 아플 정도의 각도였다.

그때 샤오룽바오가 나와서 우리는 오로지 먹는 데만 집중했다. 엄마가 좋아했던 샤오룽바오다. 나는 엄마에게 보여 주려는 마음으로 사진을 찍었다. 더는 보낼 곳 없는 사진을.

신신은 와일드한 생김이며 덩치에 비해 아주 기품 있게 먹었다. 마치 만화에 등장하는 호걸처럼 아무리 뜨거워도 손으로 집어 허겁허겁 먹을 듯한 이미지였는데 실제로는 젓가락과 중식 숟가락을 사용해 정성스럽게 먹었다.

좋은 집안에 태어난 사람이려니 생각했다. 어쩌면 길가에 있고 동그란 의자밖에 없는 이런 서민적인 가게에는 잘 오지 않는 인생이지 않을까.

꼼꼼히 살펴보았더니 그는 전부 유명한 스포츠 브랜드의 옷을 입었고, 스니커즈도 최신 제품이었다.

샤오룽바오는 모양새는 소박해도 정말 맛있었다. 아무

꾸밈 없는 수수한 주방에서 끊임없이 만들어지고 찜통에서 순식간에 쪄져 테이블로 옮겨졌다. 그들이 하루에 샤오룽바오를 과연 몇 개나 만들까 생각하자 정신이 아득해질 것 같았다. 이렇게 엄청난 기술로 얇게 만든 피로 싼 샤오룽바오를 도쿄에서 먹으면 가격이 어마어마하다. 그런데 이곳에서는 믿기지 않을 만큼 싸다. 대체 뭐에다 그렇게 큰 돈을 지불한 걸까 싶어 의아했다. 도쿄의 그 비싼 땅에 있는 장소 값일까?

근처에 사는 아주머니들, 점심시간에 나온 회사원, 공사 현장에서 일하는 차림의 아저씨들, 가족들. 모두가 같은 것을 맛나게 먹고 있는 광경에는 나를 푸근하게 하는 무엇이 있었다.

그다음 우리는 새로 생긴 가게가 많은 거리를 어슬렁어슬렁 걷다가 브랜드숍 옆에 조그맣게 자리한, 고급 원두를 요즘 유행하는 에어로프레스로 추출해 주는 가게에서 잠시 쉬었다. 카운터 자리밖에 없어서 덩치 큰 신신은 높은 스툴 밖으로 몸이 비어져 나왔고, 나는 작아서 발이 덜렁거렸다.

그런 우리 모습을 보고서 신혼부부가 웃었다.

"작은 것도 좋군요. 치즈미 씨를 한 손으로 달랑 들어 올릴 수 있을 것 같아서."

신신이 나를 보면서 씩 웃었다.

그렇게 대담한 말을 하는데 무례한 느낌은 없어서 나도 그만 미소 짓고 말았다.

혹시 마사미치 부부가 신신을 이 여행의 파트너로 내게 소개하려는 것일까 하고 생각했다. 천박한 의미에서가 아니라 내가 신혼부부에게 신경 쓰지 않도록.

마사미치의 음악에는 그런 친절함이 있었다. 노이즈 뮤직계 밴드지만 그가 구사하는 멜로디와 가사 어딘가에는 그런 순수함이 있었다.

"마사미치 음악, 좋아해요?"

내가 신신에게 물었다. 마사미치와 부인은 브랜드숍으로 옷을 보러 가서 카운터 스툴에는 우리 둘만 앉아 있었다. 다정하게 옷을 들춰 보는 신혼의 그들 모습을 멀리서 보고 있자니 행복해졌다.

가게 안에는 환한 빛과 젊은 판매원과 청결한 진열대와 아직 아무도 입지 않은 반짝거리는 새 옷뿐이어서 세상은 이런 곳이구나 싶은 착각이 들 것만 같았다. 사람의 죽음도, 줄줄 흘러나오는 오줌도, 길게 자라고 때 낀 더러운 손톱도 없는 세상이라고.

저런 가게는 사람들이 그런 착각을 하도록 유도하기 위해 존재하는 것이란 느낌도 들었다.

아주 오래전에 왔던 타이완은 노점과 복작복작한 거리밖에 없는 인상이었다. 지금은 꽤나 바뀌었다. 하지만 사람들의 삶은 조금도 달라지지 않았다. 모두가 태어나서 살다 점차 죽어 가는 여정을 걷고 있다.

"처음에는 기타 연주가 멋진 밴드라는 생각이 들어서 그 격렬한 노이즈에 맞춰 정신없이 춤추며 발산하는 매력에 관심을 가졌는데, 몇 번 듣다 보니까 가사가 참 좋더군. 마사미치의 선함이랄까, 시인 같은 감각이 잘 드러나 있고. 그는 재능이 풍부해요."

신신이 말했다.

"내 생각도 그래요. 왜 그렇게 많은 나라에 팬이 있는지 알 것 같죠."

내가 말했다.

"치즈미 씨 손톱, 와, 장난감 같네. 정말 작아, 그거 사용할 수 있는 거 맞아요?"

신신이 내 손톱을 가리키며 웃었다.

"이 조그만 손톱, 내 콤플렉스라고요. 좀 더 길게 생겼더라면, 네일도 마음껏 하고 싶었는데. 너무 작아서 내가 직접 바를 수밖에 없다니까요. 그래도 그렇지, 손톱을 어디다 사용한다고. 맥주 캔 따고 그럴 때?"

내가 말했다.

"벽을 기어오르고, 가려운 데를 긁을 때. 아무튼 당신, 아주 작은 생쥐 같은 생물이군."

신신이 말했다.

"그 무슨 무례한 말을. 어엿한 인간으로 뭐든 할 수 있다고요."

이 작은 손톱에 예쁘게 색을 입히는 시간 여유도 최근에야 생겼다. 엄마 몸을 생채기가 나지 않게 만지려고 늘 짧게 깎은 탓에 작은 손톱이 더 작아졌다. 나는 손톱을 보았다. 그동안 애썼어, 네 도움이 컸어, 고마워. 이제 잘 자라 줘. 언젠가는 더 자라지 않는 날이 올 테고, 난 그걸 잊어서는 안 되겠지.

나는 엄마 손톱을 깎기가 싫었다. 아프게 할 것 같아

겁이 났고, 세로줄이 나 있고 휜 것 같기도 해 무서웠고, 때가 끼어 있으면 밑을 닦을 때보다 한층 마음이 쓰였다. 하지만 지금 돌이켜 보면 꼼꼼히 닦은 엄마 손을 내 무릎에 올려놓고 손톱을 깎는 동안 얌전히 내게 몸을 맡긴 엄마가 너무도 사랑스럽다.

"난 말이지, 어렸을 때 엄마가 집에 없는 날이 많아서 도우미가 늘 돌봐 주었는데, 그 도우미가 일본말을 할 줄 알아서 내게 어떤 그림책을 곧잘 읽어 주었지. 원래 미국 작가가 쓴 그림책인네 일본어로 읽어 줬기 때문에 일본어로 기억하고 있어.

아주 유명한 그림책이야. 마리라는 여자아이 집 벽 너머에 작은 생쥐 가족이 살았는데 마리네와 가족 구성이 똑같아. 여자아이 생쥐도 마리처럼 학교에 가고 밥도 먹으면서 생활하다가 어느 날 서로가 포크와 스푼을 떨어뜨리는 바람에 작은 구멍을 통해 마주치고 친구가 되지. 그러다 또 서로가 성장해서 집을 떠나고 그 자녀들이 만나게 돼. 그런 얘기가 전부인 책인데, 아무튼 그림이 정말 좋아서 보고만 있어도 외로움을 잊곤 했어.

그런데 도우미가 근처에 사는 할머니여서 밤이 되면

자기 집에 돌아갔어. 물론 전화번호를 가르쳐 주고 무슨 일 있으면 바로 전화하라고 했지만 그냥 무섭다고 외롭다고 전화할 수는 없으니까 참고 지내다 점차 괜찮아졌는데, 혼자라 무서워서 잠이 잘 안 오는 밤에는 천장에서 돌아다니는 쥐를 친구라 생각하며 지냈어. 멋진 집이었지만 오래되었으니 쥐도 있었겠지. 나는 살아 있는 것의 기척이 비록 생쥐라도 반가웠어. 저 벽 너머에 나와 나이가 똑같은 아이 쥐가 가족과 도란도란 살고 있어, 그러니까 외롭지 않아, 그렇게 생각하려 했지."

"그럼 신신 씨는 쥐에 대한 인상이 나쁘지 않은 거네요. 안심이 돼요."

내가 말했다.

"오히려 아주 좋지. 쥐네 집에서는 가족이 다 같이 모여 저녁을 먹을 거야, 아이 쥐는 엄마랑 같이 자려나, 그런 생각을 하면 누구랑 함께 있는 것 같아서 외롭지 않았어. 그렇게 무수한 밤에 상상했던 귀여운 아이 쥐의 모습이 지금의 나를 만들지 않았나 싶기도 해. 그 정도로 살아 움직이는 것과 집에서 함께 생활한다는 감각이 내 버팀목이었어. 엄마가 없애 버린다고 할까 봐, 쥐가 있다는 말은 절대 하지 않았지."

신신은 웃으면서 말했다. 멀리 있는 아름다운 것을 상상하는 듯한 웃는 얼굴로.

"그러니까 난 아이가 생기면 밤에는 절대 집을 비우지 않든지 쥐가 있는 집에 살 거야!"

"정말 외로웠나 보네요."

나는 그렇게 말했다. 자기가 아닌 존재가 내는 소리에 매달리는 어린 그를 상상했다.

지금 나를 꼬드기는 것뿐인지도 지어낸 얘기일지도 모른다고 몇 번이나 생각했지만 그의 눈 속에 있는 빛은 담담하게 오직 진실을 얘기하고 있었다.

넷이서 어슬렁거리며 잡화를 구경하고, 나와 삿짱은 옷을 몇 벌이나 입어 보고, 또 사고, 마사미치가 여행지에서 입을 티셔츠를 고르고, 그러면서 느긋하고 한가롭게 오후를 보냈다.

저녁때가 되자 마사미치는 리허설이 있다고 삿짱과 라이브하우스로 향했다.

나중에 둘이 갈게 하고 나자 나와 신신 둘만 남았다.

넓은 길 한가운데에서 마사미치와 부인이 탄 택시를

향해 손을 흔들었다.

그때 멀어지는 택시를 보면서 불안감 같은 것과 함께 불어온 달콤한 바람을 기억한다.

지금 내게는 옆에 있는 이 우람하고 듬직한 외국인 외에는 아무것도 없다.

호텔에서는 내가 좋아하는 옷과 소품과 화장품이 나를 기다리고 있다.

하지만 그것들은 그때그때 필요에 따라 교류하는 훅 불면 날아갈 듯 가벼운 것, 인생 전체로 보면 아무것도 없다.

나는 지금 정말 맨손인데 갈 곳이 있는 척, 할 일이 있는 척 하고 있을 뿐이다.

이날이 올까봐 줄곧 두려웠다.

두렵고 무서워서 잠들지 못한 밤도 많았다. 그런데 적장 닥치고 보니 자신이 안이 들여다보일 듯 얇게 느껴질 뿐 무섭지도 슬프지도 않다.

그러나 신신의 뜨거운 살을 옆에서 느낄 때마다 생각했다.

'이 사람에 대해 잘 알지도 못하는데 이렇게 마음을 허락해도 되는 걸까?'

잃을 것이 더는 없어서 오히려 안심이었다. 이제 죽음은 나를 쫓아오지 않는다. 아이러니하게도 엄마의 죽음으로 꿈에서도 헤어나지 못했던 혼자가 되는 공포에서 겨우 해방되었다.

"당신의 그 생쥐 같은 작음에 몹시 매력을 느낀다고 하면 너무 조급하고 무례한 것일까."

금방이라도 무너질 듯 오래되고 넝쿨이 뒤엉킨 다예관의 큰 방에서 차를 마실 때 신신이 불쑥 그렇게 말했다.

눈앞에는 보글보글 끓는 물과 차와 함께 먹는 매실 우롱차 절임과 해바라기 씨. 몇 번이나 차를 우려 조그만 컵에 따라 향을 맡고, 또 다른 작은 잔으로 마신다.

"신신 씨가 생각하는 것과는 다른 의미로 무례하다는 느낌도 들지만. 나, 당신에 대해 아무것도 모르고."

나는 조금은 기쁜 마음으로 미소 지었다.

"왠지 그 작음이 사랑스러워서 몸이 들썩들썩하는군. 손을 잡고 싶고, 꼭 안고 싶고, 더 심하게 말하면 그 작은 옷을 벗기고 싶고 말이야. 그렇다고 나를 오해하지 않았으면 좋겠어. 나는 첫 만남에서 여자에게 이런 말을 하는 사람이 아니야. 삿짱에게 물어보라고."

진지한 표정으로 그렇게 말해서 볼이 화끈거렸다. 내 눈을 똑바로 쳐다보면서 그런 말을 하다니 별나다. 그의 커다란 손이 내 조그만 손을 살며시 잡았다.

"그렇게 둘러대 봐야 꼬드기고 있다는 생각밖에 안 든다고요. 조그만 여자를 만나면 모두에게 그렇게 말할 거라고."

내가 말했다. 가슴이 조금 두근거렸다. 누군가가 내게 욕정을 품기는 오랜만이었다. 나마저 몸을 일으킬 수 없어 점차 죽어 갈 것처럼, 그렇게 온 힘을 다해 엄마 곁을 지켰기에. 목욕을 할 때면 풋풋하게 살아 있는 자신의 피부에 깜짝깜짝 놀라리만큼 마음은 푹 곯아 있었다.

"나를 믿으려면 시간이 걸리겠지. 하지만 그냥 성적인 대상으로 보는 건 아니야. 조금 달라. 보다 근원적인 마음이야. 어렸을 때부터 꿈꿔 왔던 일인 것처럼. 가령 당신이 그 작디작은 손에 커다란 잔을 들고 차를 마신다, 그런 상상만 해도 내 머릿속에는 내 마음속 친구였던 아이 쥐가 떠오른다고."

신신이 웃었다.

그의 손안에 있는 내 손은 욕정을 품고 있지 않았지만 싫어하지도 않았다. 푸근하게 안심되는 보송보송하고 따스한 손이었다. 나무 껍질에 손을 대고 있는 듯한 감촉. 그리고 햇살 좋은 배의 갑판에서 따끈한 난간을 쓰다듬고 있는 듯한 감촉.

"자, 이제 정신 차리고, 타피오카에 요구르트랑 푸딩 같은 거 든 음료를 사러 가자고."

신신이 살며시 잡은 손을 다시 살며시 놓으면서 말했다. 그의 볼도 발그레했다.

정말 이런 일을 할 것 같으면서 안 하는 사람인지도 모르겠네, 하고 나는 생각했다. 어쩌면 이미 속아 넘어가기 시작했는지도 모르지만.

마사미치는 부잣집 아들이고 삿짱도 그렇다. 타이베이에도 재벌이나 돈 많은 친구가 많겠거니 생각했다. 그래서 그냥 노는 사람은 있을지 몰라도 천박하거나 도가 지나치게 노는 사람은 별로 없을 듯했다. 그렇다고 신신을 믿어도 좋은 것일까?

둘이 손을 마주 잡고 볼까지 발그레해지다니 어째 흐뭇했다.

밖으로 나가자 하늘은 엷은 파란색이고 후끈하지만 상쾌한 바람이 거리를 질러갔다. 낡고 금이 간 잿빛 건물들의 칙칙함에 가로수의 짙은 이파리 색이 도드라졌다.

"그 음료, 처음인데 맛있어요?"

내가 물었다.

"타이완에는 있지만 일본에는 없다는 건 확실한데."

생각에 잠길 때 미간에 약간 주름이 잡히는 모습을 내 눈이 점차 친밀하게 기억해 간다.

그가 포함된 그 장면이 내 인생에서 아주 새로운 풍경이라는 것만으로 족했다.

바람이 훅 불어온 것처럼 나는 상쾌했다.

이래저래 긴장하고 있었다는 게 바보스럽게 느껴지면서 후련해졌다.

내가 엄마의 임종을 지켜서도 외부모 가정에 자라서도 일을 열심히 해서도, 좋은 사람 같아서도 미인이라서도 아니라 오로지 '작고 생쥐 같아서' 좋아질 것 같다니,

두 손 두 발 다 들었다. 누구도 어떻게 할 수 없다.

그러니 굳이 애쓰지 않아도 된다고 할지, 애쓸 방법도 없고 잘 보일 필요도 없다는 게 어이없어서 오히려 기분 좋았다.

엄마가 돌아가시고 보태진 것은 혼자 지내는 집의 휑한 느낌과 타이완의 호텔 창문으로 보이는 경치. 그리고 신신의 그런 표정.

이게 연애놀이라고 해도 상관없다. 새로운 설정 속에 자신이 있기만 한 것이라도 상관없다, 그런 기분이었다.

도쿄로 돌아가 모든 게 사라지더라도(보나마나 사라지겠지만).

나도 이렇게 생각해 주지 뭐, 그래, 이 남자의 어깨가 널찍한 것만도 좋다.

멧돼지가 달려들면 튀어 나가 쓰러뜨려 줄 듯한(실제로는 쓰러뜨려 주지 않아도 좋다.) 체격이라는 것만도 좋다. 아름드리나무에 기대고 싶은 그런 기분이니까.

이렇게 허탈하고 자신마저 훅 사라져 버릴 듯한 기간이 그리 오래 계속되지 않는다는 것은 안다. 사람을 잃은 슬픔은 치유되지는 않아도 오 년 후면 희미해지고 완전히 다른 형태로 바뀐다는 것도. 그때가 되면 굳이 아름드리 나무는 필요 없다. 자신이 아름드리나무가 되어 있을 가능성도 없지 않다.

하지만 지금은…….

인격 따위 봐 주지 않아 기분 좋다. 그런 기분이었다.

신신이 권한 푸딩 든 밀크 티는 정말 맛있었다. 빨대로 빨아 먹는 게 신기하고 젤리 같은 감촉이 무더운 기후에 잘 어울린다.

신신은 코코넛젤리가 든 주스를 주문했다. 그가 커다란 손으로 감싸자 플라스틱 컵이 작아 보였다.

그 손에 감싸이고 싶다고 생각하지 않았다면 거짓말이다.

간병과 빨래와 청소와 사람을 침대에서 일으키는 행위와 병원에 데려가고 데려오고 기다리는 시간과. 그 와중에 내 성욕은 구멍 뚫린 풍선처럼 작게 쪼그라들어 원래 크기가 기억나지 않을 정도였다. 예전에는 빵빵하게 부풀어 터질 것처럼 배끈거렸는데.

그런데 그때 감각이 공상과 함께 갑자기 쑥 부풀어 되

살아났다. 따스한 공기 때문이었는지도 몰랐다.

그는 택시로 나를 호텔까지 데려다주었다. 택시 안에서 둘이 다소 긴장했지만 말하는 그의 옆얼굴 너머로 흘러가는 타이베이 거리가 신선해 보였다. 그와 있자니 여기 사는 사람의 시점으로 거리를 바라볼 수 있었다. 오래된 건물과 새 건물. 과하게 넓은 차도. 한자와 영어가 뒤섞인 간판. 사람들은 도쿄보다 조금 천천히 길을 걸어간다.

택시가 호텔 앞에 도착했을 때 그가 재빨리 요금을 지불했다. 나도 지갑을 꺼냈지만 그가 고사했다. 이런 때의 몸짓으로 많은 것을 알 수 있다. 내가 좋아하는 몸짓이었다. 남자라서 내는 게 아니라 여기는 내가 사는 곳이니까, 하는 몸짓.

혹시나 방으로 올라가고 싶다는 말을 하지 않을까 경계했는데, 로비로 들어서자 그가 갑자기 쑥스러워하는 사람처럼 냉담해져서 그런 오해는 받고 싶어 하지 않는다는 걸 알았다.

"라이브는 8시 시작이고 클럽은 7시에 오픈하니까 6시쯤 데리러 오죠."

그가 퉁명스럽게 말하고는 한 손을 들어 보인 다음 회전문 너머로 휙 사라졌다.

로비에서 밖으로 나가는 신신의 실루엣이 곰처럼 커다랗고 까매서 빛나는 바깥 세계와 어두운 로비가 대조적으로 보였다. 눈이 어둠에 익으면 로비도 밝게 변하리라 생각하면서도 나는 그의 실루엣을 오래 생각했다.

사랑하는 건 아니다. 그건 알았다. 담담하고, 처음 만난 사람과 단둘이 있는 것에 벌써 조금 지쳤다.

그런데 왜 그를 이렇게 생명줄처럼 여기는 것일까.

외국이라서? 그럴지도 모른다.

하지만 나는 혼자 여행할 때면 구글 맵을 보면서 타박타박 목적지를 찾아가는 체질이다. 친구의 라이브에 갈 때는 더더욱.

그의 거대함과 나의 작음이 별 이유 없이 서로에게 끌리고 있는 것이다. 정말 신신이 말한 그대로라고 생각했다.

방에서 멍하니 쉬면서 나는 자신의 무언가가 조금은 회복되었다는 걸 알았다. 생쥐라 불렸는데 자신이 미처 모르는 자신의 새롭고 좋은 점을 찾아낸 듯한 그런 간질간질한 기분.

창밖은 여전히 아시아 특유의 부옇고 칙칙한 오후였다.

저녁나절, 모두가 조금 피곤해지는 시간의 안개 같은 것이 거리를 뒤덮고 있었다.

잠시 눈을 붙이고 싶어 침대 커버 위에 그대로 누웠다.

내 인생은 엄마가 전부가 아니었는데.

뭘 해도 엄마만 떠오른다.

"우리 보물, 소그만 공주님. 눈에 넣어도 아프지 않을 아이. 아이는 어쩜 이렇게 귀여울까."

어렸을 적 엄마 목소리가 되살아났다.

엄마가 너만 너무 좋아해서 아빠가 바람을 피운 거야, 하고 아빠는 종종 말했다. 거짓말이 아니었을지도 모르겠네, 하고 생각한다.

나를 신뢰하지 못하는 사람에게 나를 건네주어서는 안 된다. 엄마가 그렇게 아껴 주었는데 나를 아끼지 않는 사람에게 몸을 만지게 해서도 안 되고.

그 대신 내가 가장 소중히 여기는 것을 똑같이 소중히

여기는 사람을 찾으면 그 사람 말을 받아들여 성장하자. 가령 사는 세계가 다르더라도, 남자와 여자의 차이 때문에 이해할 수 없는 부분이 있더라도, 상대가 바람을 피우더라도. 싫은 것은 싫다고 말하고 거리를 두면서, 무언가가 생겨나는 공간을 절대 좁히지 말고 타인과 타인인 채로 살아가고 싶다.

그 소중한 것을 둘의 아이와 함께 키워 나가면 잘못되지는 않을 터.

줄곧 그렇게 생각해 왔는데, 부모가 이혼할 때의 옥신각신과 이혼하고 나서 현실적인 절차를 밟을 때의 리얼한 모습을 보고는 내 안에서 무언가가 끝나 버려 그 이상은 이미 저 멀리로 희미하게 사라지고 말았다.

내가 어렸을 때는 아빠도 나를 볼 때마다 이렇게 말했다.

"이렇게 귀여운 존재와 살 수 있는 것만 해도 행복이지. 집에 돌아오면 행복만 기다리고 있다니까."

잠든 내 얼굴을 내려다보며 눈물을 흘리던 모습도 어렴풋 기억하고 있다. 캄캄한 방에서 거실의 밝은 빛이 역

광으로 비쳐 아빠의 얼굴은 잘 보이지 않았지만 마치 부처의 후광처럼 그의 행복이 빛나 보였다.

사람의 마음은 변하는 것이다. 그런 일은 어디에나 넘치도록 있다. 나 혼자만 특별히 귀여워서 두 사람을 붙들 수 있다는 오만한 생각 따위는 절대 하지 않았다.

그저 나로서는 세상 전부가 무너졌던 것을 잘 기억하고 있다.

"아빠가 당분간 혼자 생각하고 싶대. 여기 같이 살면 치즈미가 너무 귀여워서 생각이 헷갈린대. 그래서 도망갔어. 엄마 바보지, 짐 싸는 걸 다 도와주고. 어떻게 해, 달리 할 일이 없었는데. 게다가 뭘 던지거나 짐을 싸지 말라고 말리면 엄마가 죽을 때 후회할 것 같았어. 지금은 그냥 꾹 참고 가장 좋은 척하면서 엄마에게나 아빠에게나 좋은 추억만 남기는 길밖에 없다! 하고 생각했어."

엄마는 아빠가 집을 나간 그날 그렇게 말했다. 그때 엄마는 열 살은 늙어 보였고, 옷도 구질구질했다. 언제나 아침이면 반듯하게 옷을 갈아입는데 잠옷 차림이었다.

그런 생각을 하면서 학교에서 돌아오는 길은 평소와 달라 보였다. 왜 그런지 확 비틀리고 좁아 보였다. 내 심장이 뛰는 소리와 숨 쉬는 소리가 들리는 듯했다. 마치 물 속에 있는 것처럼.

늘 오르내리던 계단도, 길가의 커다란 돌도, 남의 집 문도 쭉 쪼그라들고 부옇게 떠 있는 것처럼 보였다. 집에 돌아가도 아빠가 없는 것은 늘 마찬가지였다. 밤 3시에 들어오는 일도 흔했다. 하지만 이제 돌아오지 않는다는 걸 아는 일은 없었다. 언제나 반드시 돌아왔다.

왠지 근처 집의 개만 평소와 똑같이 보였다.

내가 지나가자 언제나처럼 담장 틈으로 코를 내밀었고, 쓰다듬어 주자 내 손을 핥아 주었다. 평소와 똑같은 모습, 좁아지지 않고 너무 가깝지도 않은. 비로소 마음이 진정되었다.

제일 슬픈 사람은 엄마야, 그러니까 나는 엄마를 위해 차분해야 해. 엄마의 엄마가 돼 주어야지.

그때 나는 깨달았다.

내 인생에는 부모가 사이가 좋아 가족끼리 하와이로 여행을 가는 그런 일도 있었다. 너무 어렸을 때라 잘 기억하지 못하지만 그때 기억은 온통 빛과 바다와 즐거움뿐이다. 커다란 바닷물 수영장에 있을 때 지금처럼 심장이 뛰는 소리와 숨 쉬는 소리가 들려서 엄마에게 물었더랬다.

"왜 잘 들리지 않던 여러 가지 소리가 물속에서는 들리는 거야?"

"그건 말이지, 물속에서는 소리가 다르게 전달되기 때문이야. 그리고 치즈미가 살아 있기 때문이고. 엄마의 소중한 치즈미의 심장이 움직이고 있다는 뜻이지."

그때도 파란 하늘을 뒤로한 엄마 모습은 역광 때문에 새카맸다. 그런데도 아주 예쁘게 미소 짓고 있다는 걸 알았다.

아빠는 내게 바다거북을 보여 주었다. 아빠의 야윈 어깨, 까맣게 타서 건강해 보이던 팔.

풀사이드에서는 섬머 드레스를 입고 꿈같은 무지개색 비치 샌들을 신은 엄마가 사진을 찍고 있었다.

아빠는 그런 엄마를 마치 자랑스러운 보물을 보는 듯한 눈으로 보고 있었다. 어쩌다 아빠가 엄마 몸을 살짝 만지거나 엄마가 아빠 어깨에 머리를 기대는 모습을 보는 게 좋았다.

너무도 아름다운 풍경이고, 너무도 오래전 일이라 지금은 군데군데 낡은 필름처럼 흐릿하고 토막 나 있기도 하지만 빛으로만 이루어진 추억이다.

일어났다가 잠들 때까지 불안 한 점 없는 그런 여행을 그립게 떠올린다.

그때 세상은 평화롭고 폭풍우도 죽음도 없었으니 나는 어린아이일 수 있었다.

아빠가 떠난 후 나는 완벽한 그런 한때가 있듯이 아주 반대로 불안밖에 없는 나날도 있다는 것을, 그런 날들이 파도처럼 밀려왔다가 밀려가는 게 인생이라는 것을 깨달았다.

그리고 엄마의 죽음을 최대의 불행이라 여기고 대처하고 있었다.

그런데 엄마를 보내는 최악이었을 날들 속에서 어떻게였는지 작은 행복의 반짝임과 상상도 못 할 만큼 큰 자유의 조각을 찾으면서 나는 다른 생각을 하게 되었다.

살아 있다는 것, 내가 존재한다는 것 자체가 이미 평화라는 것. 폭풍우도 죽음도 없다, 앞으로 찾아올 무서운 일과 즐거운 일을 겁먹고 대할 필요는 없다. 나는 언제나 나다, 하는 생각을.

엄마가 시신이 되어 집으로 돌아오다니 불안해서 견

딜 수 없다고, 인생에서 최악의 그때가 그저 무섭다고만 생각했는데 각오를 했더니 아무렇지 않았다.

나는 마지막까지 엄마의 귀여운 보물이었고, 그 사실은 달라지지 않았다. 그것만으로도 충분하다, 그렇게 생각할 수 있었다.

각오를 다지고 나자 보이는 풍경이 모두 평온해 땅속이나 바닷속이나, 그런 곳에서 바라보고 있는 듯했다.

나는 인생이란 불행과 행복으로 짜인 새끼줄이 아니라 돌고 도는 순간의 이음이라고 생각하게 되었다.

신신의 어머니 이름을 검색해 보았다.

수 씨였는지, 첸 씨였는지……. 애칭도 있었던 것 같은데. 제시였나 안이었나……. 메모를 보면서 사진을 검색했더니 믿기지 않을 만큼 아름다운 사람이 떴다. 팔다리는 호리호리하게 길고, 얼굴은 어른스럽고 고전적인 아시아의 미인형이다. 모델로 선 모습, 시대극에 출연한 모습, 최근의 인터뷰 사진. 여러 나이대의 그녀가 화면을 주르륵 메웠다. 젊은 시절 모습은 너무 예쁘고, 이 세상 사람 같지 않으리만큼 요염하고, 바람에 녹아 사라질 것처럼 가녀렸다.

큰일이네, 하고 나는 생각했다.

"이렇게 아름다운 사람에 비하면 내가 내세울 건 작다는 것 정도인데!"

침대에서 그렇게 중얼거리고는 혼자 웃었다.

내가 그런 검색을 하는 줄도 모른 채 신신은 저녁 6시에 로비에 나타났다.

그가 어머니를 닮았다는 걸 잘 알 수 있었다. 눈의 느낌과 홀쭉한 팔의 형태.

그는 낮보다 다소 검은 차림이었지만 밤에 놀러 나가는 것처럼 캐주얼하지는 않았다.

나는 반짝이가 무수히 달린 감색 원피스를 입고 노란색 화사한 스니커즈를 신었다. 라이브가 올 스탠딩이라 피곤할 거라고 생각했기 때문이다. 소지품은 비즈 달린 작은 가방에. 내가 봐도 외국에 나온 사람 같지 않은 가벼운 차림이었다.

에스코트해 주는 사람이 있어서 참 편하다. 안전한 도시여도 낯선 곳에서 혼자 다니려면 일일이 조심해야 하는 소지품이 많다.

신신을 통해 암암리에 나를 지켜 준 마사미치의 마음이 고마웠다. 내가 일했던 라이브하우스에서, 그가 했던 수많은 라이브 공연의 과정에서 자연스럽게 자라난 우정을 그립게 떠올렸다.

엄마가 비교적 건강했던 시절 나는 미친 듯이 일했고 연애도 하고 과음도 하고 화려한 옷도 샀다. 그런 시절이 영원히 계속될 줄 알았는데 지금은 전혀 다른 세계에 있다. 그러나 마사미치는 음악을 계속하고 있고, 병아리 같았던 그의 밴드도 좋은 밴드로 성장하고 있다. 창조하는 사람에 대한 존경심이 싹튼다. 우리가 음향에 신경 쓰고 손님을 받고 청소를 하고 음료를 만들고 스케줄을 결정하는 일 하나하나가 그들의 음악을 보좌하고, 그래서 그들 음악이 성장해 가는 듬직함이 여전히 계속되고 있어서 기뻤다. 일하는 기쁨이란 그런 거였지 하며 나는 당시를 생생하게 떠올렸다.

내 일은 매니지먼트였지만 현장을 좋아하고 라이브하우스에도 자주 갔기 때문에 아이들이 성장하는 것처럼 음악이 성장하는 모습을 확실하게 느낄 수 있어 좋았다.

길이 막힐 거라고 예상했는데 의외로 일찍 라이브하우스에 도착했다.

아직 오픈 전이라 우리는 라이브하우스 옆에 있는 조그만 바에 들어갔다.

신신은 가게 사람과 반갑게 인사하고는 스페인산 스파클링 와인을 잔에 따라 직접 들고 왔다. 안주로는 살집이 튼실한 올리브. 스파클링 와인은 시원하고 거품도 풍성했다.

원래의 직업병이 도져 라이브하우스의 바치고는 어느 하나 싸고 허접한 것이 없어서 바에만 오는 손님도 많겠네, 하고 관찰하고 말았다.

"스툴에 앉으니까 정말 어린아이 같군. 발이 동동 떠 있잖아. 아까도 말했지만 좋은 풍경이야."

신신이 나를 보면서 키득키득 웃었다.

"그 말, 칭찬이죠? 작다고 하는데 우습기만 하고. 그도 모자라 생쥐 같다는데도 웃음만 나오는 게."

나도 덩달아 웃으면서 말했다.

"나 얼마 전에 차였을 때, 생각을 좀 진지하게 해 봤는데. 작아서 좋다, 외모가 좋다, 그런 거, 여자가 남자와 쇼핑하러 가거나 함께 있고 싶어 하고, 생일에는 꽃과 선물을 주는 것, 그런 망상과 거의 비슷하지 않을까. 여자는 그런 걸 좋아하잖아. 나는 그런 엄마에게 익숙하니까 형태상으로는 잘할 수 있는데 마음이 담기지 않을 것을 상대가 알아 버린다고 할지, 실은 그렇지 않을까 하는 게 얼굴에 드러나는 모양이야."

"아, 그러네요. 연인이나 남편을 여자 친구 대신으로 여기는 사람이 많을지도 모르겠어요."

공감이 갔다. 나도 그랬다고 생각한다. 하지만 어느 시점에 깨달았다. 남자는 남자와 함께 있는 편이 즐겁고, 연인은 있는 것으로 충분하다. 좋아한다는 감정과 가끔 만날 수 있는 것으로. 자신이 아주 좋아한다고 느끼는 것만으로. 그러나 연인에게 보다 큰 책임감 같은 것을 느끼고, 그 점이 남자가 하는 사랑의 깊이다.

"그렇다고 사랑하지 않은 건 아니었어. 남자는 그렇게 단순하지 않다고. 예를 들어서 당신을 굴복시키고 싶다면 물리적으로 불가능하지 않아."

"생쥐처럼?"

"음, 그렇지. 생쥐처럼. 이제 막 알게 된 사람에게 이런 말 하는 나도 머리가 어떻게 된 거 아니냐고 생각하지만 특히 섹스할 때 그런 생각을 해. 내 품 안에서 그녀가 아픈 건지 기분이 좋은 건지 모를 표정을 짓고, 이쪽은 압도적으로 힘이 세니까 당장 상대를 망가뜨릴 수도 있다는 걸 알기 때문에 오히려 그러지 않는, 그런 자신에게서 상대에 대한 압도적인 애정의 존재를 느끼지. 힘으로 무너뜨릴 수도 있는데 절대 그러지 않아. 표현이 좀 이상하지만 그건 엄마가 아기를 망가뜨리지 않는 것과 아주 비슷한 감각이라고 생각해. 그런 게 남자의 사랑이 아닐까 해. 나만 그런지는 몰라도."

"나는 실감이 안 되네요. 나는 남자가 아니고 내 품에 내 아기를 안아 본 적도 없어서. 하지만 조금은 알 것 같아요."

"왜 이런 말을 진지하게 하는지 모르겠군. 정말 당신과 하고 싶은 일은 그저 함께 있으면서 무언가가 변화하는 걸 가만히 보는 것뿐인데."

"그러네요. 이제 막 알게 된 독신 남녀가 추상적인 얘기를 나누는 것만큼 여러 의미에서 아까운 것도 없는데. 하지만 나 지금 정말 욕구가 없어서. 옛날에는 야수 같았던 적도 있지만. 지금은 식욕조차 없어서 아까 먹은 샤오룽바오와 타피오카 푸딩에서 오랜만에 맛을 느꼈어요. 최근에는 혼자 먹으면 맛을 못 느끼니까 안 먹게 되었고. 지난달만 해도 몸무게가 10킬로그램이나 줄어서 안 그래도 작은 몸이 더 작아졌어요. 아, 절대 자기 연민으로 하는 말이 아니고, 사실이 그래요. 지금이 아닌 다른 때 알았더라면 정말 좋았겠다고 생각해요. 다른 눈으로, 그러니까 좀 더 밝은 눈으로 당신이 있는 풍경을 보고 싶었는데."

"아니지, 지금 만나서 다행일 거야. 열심히 애쓴 당신에게 신이 뭔가 작고 즐거운 일을 줄지도 모르잖아. 내가 당신의 작은 즐거움이라는 뜻은 아니야. 라이브 공연도, 이 도시 전체도, 에스코트하는 내가 있다는 것도, 그런 거 전부.

가령 내가 당신 취향이 아니더라도 이 바의 분위기와 음료는 느긋하게 즐길 수 있잖아. 당신은 지금 어머니를 잃어 상당히 위태로운 상태이고. 조금은 자포자기한 어른 여자니까, 가령 마음먹고 당신을 꼬드겨서 방으로 올라가 마사미치의 공연에도 가지 않고 밤이 새도록 몇 번이나 섹스를 할 수도 있다고 생각해.

그 생각을 하면 침이 꿀꺽 넘어가는 나 자신이 없다고 하면 거짓말이지.

하지만 안 그래도 위태로운 상태에다 착하고 인간의 도리를 중시하는 당신 같은 사람이 친구의 공연에도 가지 않고 그랬다가, 나와 잔 일이 뒤끝이 안 좋은 기억으로 남아 점점 더 위태롭고 망가지기 쉬운 상태가 된다면, 나는 뭐랄까, 싫어. 그런 상황은 도저히 좋아하기 어려워. 좋았다고, 득 봤다고 생각하지 못하는 체질이야. 아마 우리 엄마도 아주 섬세한 사람이었기 때문일 거야.

당신이 기운차게 돌아다니는 생쥐였다면 얘기는 다르지. 밤새 킬킬대며 서로 힘겨루기를 하고, 마사미치의 공연은 나 몰라라 하고는 미안하다고 전화하겠지. 마사미치도 웃으면서 용서해 줄 테고.

하지만 지금 실제로는 그런 상태가 아니니까 그렇지 않은 시간을 즐기자고.

나도 나이 많은 할아버지의 임종을 한 적이 있어서 잘 알아. 사람이 죽은 다음, 그 생생한 배설물과 링거 튜브와 더러운 시트를 수시로 만졌는데 그런 게 전부 없어져 깨끗해졌을 때, 정말 그 사람이 없어진 거니까 버겁지. 그러니까 당분간은 살을 맞댈 게 아니라 그냥 청결하고 자신에게 영향을 주지 않는 만남이 필요해."

이 사람은 굳이 견제하지 않아도 되겠다고 나는 생각했다.

조금 전부터 우리가 여러 가지 말로 하는 얘기의 속뜻은 그런 것이었다. 할 마음 있어? 지금은 그럴 기분 아니야. 아니아니, 알아. 지금은 그러지 않을 거니까.

그런 두서없는 대화. 남녀 사이에 흔히 있는 대화. 대중가요보다 더 대중가요적이고 전형적이다. 우리는 이 세상에 오직 홀로 존재하는데 이렇게 시시한 얘기나 하고 있다니 바보 같다.

하지만 타인이 의지로써 가만히 놔둔다는 것에 이렇게 안심하기는 처음이다. 가령 오늘 밤 같이 자고 싶은 마음이 서로에게 있더라도 가만히 놔두다니.

그때 불쑥 곁은 화장에 놀러 나온 이십 대 전반쯤으로 보이는 젊은 여자가 우리 자리로 다가와 나는 놀라서 가방을 끌어안았다.

그런데 그녀가 신신을 똑바로 쳐다보고 있어서 아는

사람인가 보다 하고 안도했다.

"신신 씨죠? 악수를 청해도 될까요? 죄송해요, 사적인 시간에."

그녀가 말했다. 눈이 하트 꼴처럼 보였다.

"그런데요. 부끄럽게. 이제 연예인도 아닌데."

신신은 정말 부끄러운 듯 말하고는 손을 내밀었다. 그녀는 그 손을 두 손으로 꼭 잡고서,

"그 영화의 팬이었어요. 사진, 같이 찍어도 될까요?"

하고 물었다.

"찍는 건 좋지만. 나 이제 정말 아무 활동도 안 하니까, 어디다 올리지 말아요."

그가 담담하게 말했다. 정말 싫은가 보다고 생각했다.

"네, 나만의 기념으로 간직할게요."

그녀가 순순히 나오자 신신은 그제야 마음을 담아 말했다.

"기억해 줘서 고마워요."

내가 찍어 주겠다고 하고서 그녀의 휴대전화로 둘을 찍어 주었다.

그녀는 삶은 문어처럼 빨개진 얼굴로 정말 기쁜 듯이

미소 지었다. 무척 좋은 사진이 나왔다.

“딱 세 번, 어머니와 함께 시리즈물에 출연한 적이 있어. 십 대 때. 훨씬 깡말랐던 시절.”

그녀가 간 후에 신신이 말했다.

“여자아이 같다, 엄마를 많이 닮았다는 말을 하도 들어서 약이 올라 몸을 키웠지.”

“와, 그 귀여웠던 시절의 당신을 보고 싶네. 신신, 지금은 뭐 해요?”

내가 물었다.

“실은 여기도 그렇지만 이쪽 친구들과 함께 라이브하우스 안에 있는 바를 공동 운영하고 있어. 여기 외에도 몇 군데 더 있고. 여기는 내가 자랑할 수 있는 곳. 티켓으로 교환할 수 있는 싼 음료 외에 좋은 와인과 스카치위스키도 마실 수 있고, 의자도 앉기 편하고. 드링크 티켓으로 살 수 있는 술도 질이 나쁘지 않아. 젊은 사람들이 불쌍하잖아. 맛있는 술 마시는 법도 익히지 못하면.”

“라이브하우스에 있는 바를 라이브하우스와 별도로 운영한다는?”

"그렇지, 장소를 임대해서. 그리고 라이브가 끝난 후에도 영업하는 어른스러운 분위기로."

"멋지네요. 다음에 또 와요."

"좋은 와인도 따고, 쏠게."

신신이 자랑스러운 표정으로 미소 지었다. 영화에 출연했다는 얘기를 할 때보다, 팬과 악수를 할 때보다 한결 행복해 보였다.

당신은 환경에 맞춰 적성에 맞지도 않는 연예인이 되는 것을 거부하고 자기 인생을 찾은 거군요, 하고 나는 생각했다. 마음속 깊은 곳에서 따스한 기분이 샘솟았다.

"테라스에 잠깐 나가 볼까?"

신신이 말했다.

어둡고 큰 유리문을 열어 보니 테라스에 두 자리가 비어 있었다. 노출 철 계단과 잡다한 타이베이 거리의 불빛이 보였다. 유리 테이블, 의외로 푹신한 등나무 의자. 낮의 열기가 희미하게 감도는 시원한 밤바람이 상쾌했다.

밖에 나오니 지금까지 들리지 않던, 오프닝 전 밴드의 격렬한 연주 소리가 철제문 너머로 울렸다.

“나는 지난달에 서른 살이 되었는데, 신신 씨는요? 생일 언제예요?”

내가 물었다.

“여자들은 별자리 같은 거 꼭 묻더라. 나중에 성격이나 궁합 알아보려는 거지?”

“아는 척하네요. 음, 그럴지도 모르겠네. 별자리는?”

“아, 그게. 이 말은 동정을 살 것 같아서 하기 싫은데. 대충 8월 초.”

그가 머리를 부여잡는 시늉을 했다.

“대충이 뭐예요, 대충이.”

내가 말했다.

“그게 말이야, 너무 환상적인 얘기라서.”

그리고 그가 주섬주섬 얘기를 풀어놓았다.

“사실은 나, 생일을 몰라. 어머니가 출생 신고를 하지 않아서. 아버지도 어머니도 너무 바빠서 깜박했다는군. 어머니는 퇴원하자마자 촬영장으로 갔다고 하고. 무모했지, 바로 쓰러져서 다시 입원. 그래서 신고하는 걸 까맣게 잊고 있다가 나중에 신고한 탓에 내 생일이 정확하게 언제인지는 아무도 몰라.”

그의 눈가에서 눈물이 주르륵 흘렀다.

"슬픈 건 아니야. 그런데 이 얘기를 하면 옛날부터 왜 그런지 눈물이 나는군."

나는 그의 커다란 머리를 감싸듯 꼭 안았다.

그의 커다란 두개골은 모양이 아주 좋았다. 가마가 두 개 있고, 머리칼이 재미나게 흘렀다. 귀도 크고 모양이 예뻤다.

강아지를 쓰다듬듯 그의 머리칼을 쓰다듬고 있자니 왠지 내 기분이 차분해졌다. 더없는 차분함. 내가 이 사람이 점점 좋아지나 보네, 그렇게 생각했다.

"마사미치 공연이 슬슬 시작되겠는데 갈까요?"

내가 묻는 목소리에 신신이 응 하고 대답했다. 그 목소리가 내 가슴에 바로 울렸다.

앞으로 살아가면서 이 목소리를 두고두고 들을 수 있다면 좋겠다고 생각했다. 지금은 그 이상도 이하도 아니다.

내 방과 그의 방이 벽 하나로 나뉘어 있어도 내가 내는 소리에 그가 쥐와 생활했던 그때처럼 안심할 수 있고, 이렇게 몸의 크기는 전혀 다르지만 무언가를 나누며 하나로 녹아드는 나날을 보낼 수 있다면.

쌓아 올린 것을 다시 잃게 된다는 것은 안다. 아무리 쌓아 올려도 죽으면 이별, 일단 끝난다. 섬세하게 쌓아 올린 성도 주인 없는 폐허가 된다.

그런데도 우리는 계속 쌓아 올린다. 그게 살아 있다는 증거니까.

"이렇게 내 기분이 커질 줄을 몰랐는데."

신신이 말했다.

"나도. 생쥐라는 말만 듣고."

내가 말했다.

"생쥐라는 것만 가지고 말이지."

신신이 내 몸을 뒤덮듯 다가와 우리는 짧은 입맞춤을 했다. 메마른 입술의 가벼운 만남.

"몸이 작으니까 입술도 작군, 역시."

신신이 어둠 속에서 웃었다.

그리고 손을 내밀어 나를 일으켜 세웠다. 우리는 손을 잡고 무겁고 큰 철제문을 열었다. 신신이 문을 잡아 주었다. 문에 끼여 생쥐가 뭉개지지 않도록.

불쑥 마사미치의 노래와 기타의 격렬한 폭발음이 우리를 감쌌다.

한 걸음 내민다. 쌓아 올리기 위해서. 우리, 쌓아 올릴 수 있을까?

## 손모아 장갑과 가여움

꿈을 꾸었다.

얼어붙을 듯 찬 바람이 부는 해안을 나는 소토야마 씨와 함께 걷고 있었다.

괭이갈매기가 냐옹냐옹 시끄럽게 울어 대고 있다. 무수한 하얀 날개가 빛을 받아 비행기처럼 반짝 빛났다.

모래에 찍힌 둘의 발자국이 나란히 예쁜 선을 그리고 있다.

밀물이 들어와 잠시 후면 발자국이 파도에 씻겨 사라지겠다고 생각한다.

그에게 하고 싶은 말이 있다. 옆얼굴을 올려다본다.

서툰 말로 말하려 애쓴다.

말이 바람에 날려 잘 닿지 않는다. 아니, 아니다. 어떤 말을 빚어도 이 기분은 전할 수 없다고 생각한다.

말로 환치될 수 있는 생각이 아니었다.

그리고 이 상황을 알고 있다고 생각한다.

옛날에 알던 노래다. 자주 흥얼거리던 노래다.

하지만 기억나지 않는다.

바람에 머리칼이 날리고, 많은 것이 흩어진다.

그리고 나는 오롯이 기분이 된다. 유령처럼, 기분만 있는 존재로. 나는 드넓게 퍼져 세계를 뒤덮을 만큼의 크기가 될 것 같다.

문득 돌아보니 옆에 초등학생인지 중학생인지, 어느 쪽이지 싶은 나이의 남자아이가 있었다.

모래로 커다란 거북을 만들고 있었다. 등딱지가 둥그렇게 튀어나와서 나는 육지 거북이라고 생각했다. 아주 잘 만들었다. 금방이라도 움직일 것 같았다.

나를 많이 닮은 얼굴, 눈이 동그란 남자아이.

내 아들인가?

아니, 아니다.

나는 아이를 낳을 수 없다. 그렇다면 누구일까?

그 아이의 팔꿈치가 내 무릎에 살짝 닿았다. 따뜻하고 그리운 감촉이었다.

처음 보네, 하고 굳이 인사하지 않고, 말도 걸지 않고, 이미 이렇게 같이, 그냥 멍하니 이렇게 있는 것으로 족하다.

이렇게 지상에 함께 있으니.

나는 그렇게 생각했고, 그걸 피부로 실감했다.

모두 하나가 되어, 여기에.

보이지 않을 뿐 언제나 함께, 사실은.

그러니까 괜찮다, 아동바동하지 않아도.

"이쪽은 하야시바라 유키요 씨입니다. 지금 저, 이 사람과 사귀고 있어요. 결혼하고 싶습니다."

그날 소토야마 씨는 그렇게 말했다.

소토야마 씨의 어머니는 침대에서 윗몸을 일으키고 나를 똑바로 쳐다보았다.

"처음 뵙겠어요."

인사하며 미소 지은 나를 보면서 소토야마 씨의 어머

니는 애매하게 미소를 머금었다.

그리고 나를 다시 한번 빤히 쳐다보았다.

나도 일단은 어머니를 쳐다보았다.

어머니의 눈 속으로 빨려 들어갈 것 같았다. 찌르르 소리가 날 것만큼이나 그녀는 나를 응시했다.

소토야마 씨를 똑 닮은 동그란 턱선, 손의 피부결, 유전을 느꼈다.

어머니가 손짓해 가까이 다가가자 내 손을 잡았다.

소토야마 씨의 손보다 아주 작고 촉촉한 손.

작은 방은 깨끗했지만 침대 밑에는 먼지 덩어리. 낮게 흐르는 텔레비전 소리. 잠옷과 이불에 밴 냄새가 코에 닿았다.

그리고 그녀는 눈물을 흘렸다.

똑똑, 눈을 뜬 채로.

잘 우는 사람인가 보다고 나는 생각했다. 숨을 쉬듯 그녀는 울었다.

"너는 어쩌자고…… 어쩌자고 내……."

어머니가 말했다.

"그 얘기는 제가 하겠습니다."

소토야마 씨가 강한 어조로 그녀를 제지했던 광경을 잘 기억하고 있다.

"아, 장갑을 깜박했네. 최저 기온 영하 16도라는데!"

비행기에서 헬싱키 공항으로 나온 순간 몸이 오그라들 듯 차가운 공기를 느끼고 내가 처음 중얼거린 말이다.

그런들 보호해 줄 사람 없는 나이인데, 그렇게 말하고 만 나 자신을 어린아이 같다고 생각했다.

바깥 공기에 닿은 손이 가시에 찔린 듯 아팠다. 살아 있기만 한데 손이 아프다고? 그런 일이 어떻게 있을까 싶으리만큼 공기의 입자가 뾰족뾰족했다.

그냥 봐서는 아름다운 보통 저녁 하늘인데 파괴적으로 추웠다. 사람의 목숨도 빼앗을 수 있는 추위라고 느꼈다.

"이렇게 추운데 장갑 없이는 안 되겠어. 눈이나 얼음에 미끄러질 텐데 주머니에 손을 넣고 다니는 것도 위험하고. 먼저 사러 가자. 만약 팔지 않으면 내 거 빌려줄게."

소토야마 씨가 말했다. 장시간 비행기를 타고 오면서 잠은 별로 자지 않고 영화만 본 피로감에 그의 눈 밑에 다크서클이 생겼다. 그 다크서클을 귀엽다고 생각한다.

소토야마 씨의 균형감 있는 성격이 좋았다. 천천히 스며드는 그 말의 효과.

내 거 껴도 아니고. 말없이 장갑을 내밀고 자기는 참는 것도 아니고.

팔지 않으면 빌려줄게. 정말 좋은 타협점이다.

내가 좋아하는 점을 상대가 그대로 유지케 하려면 거리를 동그랗게 두는 것이라고, 나도 모르게 생각하게 되었다.

이 사람밖에 없다 생각한 첫사랑을 십 년 넘게 쫓아다니다, 무서운 사람이라 여겨진 후에 얻은 교훈이었다.

소토야마 씨는 내 인생에서 두 번째로 좋아한 사람이었다. 그쪽에서 접근해 왔고, 나 역시 이내 좋아졌다. 서로가 서로를 위해 태어난 사람이라고 생각했다.

우선 그런 사람이 내게 생긴 것이 의외였다. 취향이 삐딱한 나는 첫사랑 이상으로 좋아할 사람은 절대 없을 것이라고 한탄하고 있었다.

줄곧 그런 인생이 있어도 상관없다고 생각해 왔다.

나는 무슨 일에든 시간이 걸리는 사람이라 같이 산다는 것에 이제야 조금씩 적응해 가고 있다.

실감이 없어 멍한 사이에 이사를 하고 전입 신고를 하고, 전기와 가스를 연결하고 오디오를 설치하고, 귀찮은 일이 어느새 전부 끝났다. 물론 일을 나눠 우리가 한 것이지만 정말 소토야마 씨와 사는 거야? 하는 생각으로 눈 앞에 있는 일을 하다 보니 그럭저럭 지나갔다.

알고 보니 그렇게 새 생활이 이미 시작되어 있었다.

나는 소토야마 씨가 지금까지 어떤 연예인을 좋아했으며 연애를 몇 번 했는지, 성적 취향이 어떤지 아직 잘 모른다. '남자의 인생'이란 측면에서 그를 찬찬히 본 적이 없다. 아직은 조금 먼 사람처럼 여기고 있다.

방에 있는 다소 남사스러운 책들로 혹시 이런 취향인가? 하고 엿보는 정도지만, 숨기지 않고 책꽂이에 어수선하게 놓아두는 걸 보면 사실은 아닌지도 모른다. 내가 모르는 뭔가가 여러 가지로 있을지 모르지 하는 선에서 그치려 하고 있으니 앞으로 평생 알지 못할 것 같기도 하다.

그가 은근히 인기가 많다는 것은 알고 있었다. '회사에서 옆자리 젊은 여사원이 소리 없이 좋아하게 되는 스타일의 대표' 격 같은 사람이다.

그는 중견 출판사의 구르메 잡지 편집부에서 '식'에 관한 글을 쓰는 필자라서 다양한 가게로 취재를 하러 다닌다. 구르메 프로그램에 패널로 출연하는 일도 간간이 있어 길거리에서 사람들이 말을 걸기도 한다.

조용한데 재미있고, 잘 뜯어보면 얼굴도 단정하게 생겼다. 음악가이며 배우인 호시노 겐을 손바닥에 놓고 빚어 조금 길게 늘여 놓은 듯한 그. 뚱뚱하지 않고 배도 나오지 않았다.

그는 가는 곳곳에서 지금도 그런대로 인기가 있을 것이라고 생각한다. 그리고 여자들은 의외로 투박한 그의 왼손 약지에서 소박한 백금 반지를 보고 실망하리라.

그 실망의 조각 빛이 우리 집까지 날아올 것 같아서 조금 싫었다. 나도 이런데 그 유명한 후쿠야마 마사하루나 다마키 히로시와 결혼하면 어떤 기분이 들까.

가능하면 보지 않으려 한다. 그가 정말, 정말 누군가를 좋아하게 된다면 나는 상황을 수용하고 그를 놓아주리라.

그러나 그 상황을 확인하려면 삼 년은 걸릴 것이라 예상한다. '그가 누군가를 좋아하게 되었는데 삼 년이 지나도 그 사람과 계속 만나고 있다면 혼인 관계를 정리하자,

그때까지는 버텨 보자.' 하고 각오를 다지고 있기 때문에 걱정은 없다.

B급 구르메 전문 필자인데 살이 찌지 않은 것도 수수께끼다. 맛이 진하고 기름진 것을 좋아하는 여성 아이돌 그룹 분홍 클로버 Z의 멤버들이나 그렇게 술이 세고 잘 먹는 에세이스트 히라마쓰 요코 씨가 마른 것만큼이나 수수께끼다.

같이 생활하다 보면 그 비결을 알게 되려니 했는데 모르겠다. 아침에 근처에서 잠시 달리는 듯한데 그리 먼 거리는 아니다.

정신력 같은 것이 그의 겉모습을 유지하게 하는 듯했다.

그런데 만약 그 정신력이 뚝 끊기면 그 자신이 부풀어 올라 터지리란 생각도 들었다.

호수 가득한 물처럼 잔잔한 그 정신력의 기척이야말로 내가 그를 계속해 좋아할 수 있는 이유라고 생각한다.

타인과 함께 산다는 것은 자잘한 파래 부스러기가 묻은 그 사람의 티셔츠를 손으로 싹싹 비벼 빨고, 라벤더 향초를 켜 놓고 유유자적 시간을 보내고 있던 방에 온몸에서 술과 기름 냄새를 풍기며 돌아온 사람을 '라벤더를 이기다니 최강의 아로마네.' 하고 못마땅하게 생각하면서도 핀잔은 주지 않은 채 때를 봐서 창문을 살짝 열고, 목욕을 하려고 옷을 반은 벗었는데 그 사람이 욕실에서 좀처럼 나오지 않는 데다 노래까지 흥얼거려서 뭔가를 다시 걸치고 기다리는, 그런 것이다.

엄마와 산 적밖에 없어서 그의 독자적인 생활 감각이 꽤 놀라웠고, 처음 경험이기도 했다.

그리고 그런 상태를 '뭐 어때.' 하고 생각하는 데도 익숙해졌다.

다르고, 타인이고, 각자 다른 몸이고, 다른 하루를 보낸다.

너무 기대하지 않아서 오히려 다행인지 몇 년이나 사귀었으면서도 잘은 모르는 그와의 생활이 그렇게 힘들지는 않았다.

먹고 마시는 것이 일인 사람이라 저녁을 같이 먹는 일은 어쩌다 한 번이어서 서운하지만, 그만큼 혼자 시간을 확보할 수 있고 그가 들고 오는 음식 덕분에 식비도 그리 들지 않는다.

그런 점도 잘 맞았던 것 같다.

이렇게 편해도 되는 거야? 이렇게 편한 채로 할머니가 되고 할아버지가 되어도 괜찮은 거야? 내가 어떻게 새 가족을 만든 거야? 여전히 놀랍다.

그렇게 친구들에게 말하면 모두 "아이 낳는 걸 건너뛰면 안 되지." 하고 얼른 말한다. 양팔을 벌리고 놀라는 투가 하나 같아 웃음이 나온다.

하긴 그럴 거라고 생각한다.

그들에게 설명하지 않지만 나는 아이를 낳지 못한다.

십 대에 큰 병을 앓아 자궁을 들어냈다. 암암리에 죽음을 각오한 채 나이를 먹었다.

아직 어렸던 나는 무지하고 무심해서 수술이 끝날 때까지 난소쯤 떼어 냈나 보다고 생각했다. 아이? 없으면 없는 대로 살지, 목숨을 건진 게 더 중요하잖아 하고.

그 일의 중대함을 안 사람은 엄마뿐이었다. 눈물을 흘린 사람도 이모들과 의논한 사람도 엄마였다.

나도 어른으로 성장하면서 그 일의 무게를 알게 되었다.

그래서 결혼하지 않고 살리라 단단히 마음먹었을 정도다.

사귀기 시작하고 아이를 낳을 수 없는 몸이라고 소토야마 씨에게 털어놓았을 때, 나는 헤어짐을 각오하고 있었다.

괴로웠지만 더 이상 괴롭고 싶지 않아서 꽤 이른 시기에 고백했다.

생생히 기억하고 있다. 만나기로 약속한 신주쿠 이세탄 백화점 1층으로 가는 길, 이렇게 아름다운 진열품, 행복해 보이는 사람들, 즐거울 데이트 시간, 굳이 오늘 말하지 않아도 좋지 않을까? 오늘은 그냥 즐겁게 지내도 괜찮지 않을까? 그렇게 생각했다. 눈물이 흐르고, 정신이 아득해지고, 숨이 가빠졌다.

"음…… 충격인 건 분명한데 헤어질 이유는 아니야."

만나자마자 내가 아이를 낳을 수 없다고 전하자 소토야마 씨는 바로 말했다.

"그럼 안에 배출할 수 있겠네."

예전에 지겹게 쫓아다녀서 어영부영 사귀었던 사람과는 아예 날랐다.

비로소 그 사람이 이상했던 것이라고 생각할 수 있게 되어 또 눈물이 흘렀다.

소토야마 씨의 생각이 순간적으로 과거를 비추고 지금으로 다시 돌아왔다는 것을 알았다. 더불어 내 인생까지 내 것으로 돌아왔다.

그의 말은 그야말로 부메랑 같았다. 불필요한 것을 잘라 낸 다음 손안으로 쏙 돌아오는, 마치 마법 같았다.

좋아하네, 이 사람밖에 없네.

몇 번이나 그렇게 생각했다. 눈물이 나올 정도다. 이 사람을 절대 놓치지 않겠다고. 소토야마 씨 앞에도 뒤에도 소토야마 씨는 없다. 그래서 다만 좋아한다고.

이는 무쓰고로 씨 아내*의 명언을 흉내 낸 생각이다.

"우리, 도망치는 것도 아니고 동거하다 그냥 여행 온 것도 아니네."

택시를 타고 가면서 내가 말했다.

"그럼, 당연하지. 혼인 신고를 했잖아. 아무도 반대하지 않아. 이제 무서울 것 없다고. 불안할 일도 없고. 이건 흔히 말하는 신혼여행이야."

소토야마 씨는 졸린 표정으로, 그러나 확고하게 말

* 하타 마사노리(1935~2023). 소설가, 동물 연구가, 프로 마작사.

했다.

이렇게 서로에게 위로되는 커플인데 왜 부모들(애당초 아버지는 없었다. 소토야마 씨 아버지는 일찍 돌아가셨고, 우리 부모는 내가 어렸을 때 이혼했기 때문에 반대는 어머니들이 했다.)은 반대했을까. 실은 우리에게 서로의 눈에는 보이지 않는 큰 결함이 있는 게 아닐까 하고 진지하게 생각할 만큼 이상했다. 외적으로도 일요일의 IKEA나 호시노야 가루이자 호텔(돈이 없으니까 호텔에 묵지는 못하고) 근처의 쇼핑몰 같은 곳에 있을 법한 둘인데.

두 어머니의 반대는 우리의 빛나는 연애결혼에 따갑고 칙칙한 가시처럼 콕 박혀 있었다. 아니 어쩌면 드라큘라를 죽이는 통나무 막대기처럼 굵었을지도 모른다. 뭘 해도 그 사실이 두 사람 위를 어둡게 뒤덮고 있었다.

겨우 도착한 동굴 같은, 혹은 롤플레잉 게임에 등장하는 작은 성처럼 보이는 외관의 호텔 로비는 거대한 벽난로 덕분에 더울 정도였다. 체크인을 하고 작고 심플한 방에 짐을 내려놓고 옷도 갈아입는 둥 마는 둥 밖으로 나갔다 .

해가 저물어 점차 밤으로 접어드는 도시가 추워지는 속도에 눈이 번쩍 뜨일 정도였다.

우리는 가까이에 있는 조그맣고 세련된 레스토랑에 들어가 연어와 파테와 감자를 한껏 먹었다. 음식에 맞춰 드라이한 화이트 와인도 마셨다.

"여기 살면 나도 살이 찌겠는데. 모든 음식에 크림과 버터와 베리가 듬뿍 들어 있어서."

레스토랑에서 나오자 소토야마 씨가 말했다.

"장갑 팔면 당분간이라도 쓰게 살까나."

걸어서 돌아오는 길, 나는 그런 말로 아직 열려 있는 슈퍼마켓에 들르자고 했다.

우리 둘 다 여행지에서 슈퍼마켓에 가는 것을 무척 좋아했다. 신기한 것도 많고, 인스턴트 라면 같은 것은 소토야마 씨의 일과 직결된다. 유럽의 호텔은 조식 메뉴에 과일과 채소가 부족하니까 좀 사다 놓기로 했다.

토마토와 사과를 바구니에 담아 들고 걸어갔다. 전혀 읽을 수 없는 글자와 알록달록한 색감이 너울대는 패키지가 깔끔하게 죽 정리된 차 진열대 앞에서, 그가 불쑥 말했다.

"참, 동생 사진 찾았는데 볼래?"

나는 바로 그의 얼굴을 돌아보았다.

형광등 빛 속에서. 갑자기 따뜻한 곳에 들어와 안경이 부예서 그의 눈은 보이지 않았다. 콧잔등에 얇게 돋은 기름기가 귀여웠다. 버터를 너무 먹은 탓이리라.

"왜 지금 이런 데서?"

나는 웃었다.

"얼마 전에 정리하러 집에 들렀어. 동생 사진을 다 처분했다 여겼는데 내 방에서 한 장 나왔어. 책에 끼여 있더군. 비행기에서 보여 주려고 했는데 까맣게 잊었어. 지금 보여 주지 않으면 또 잊을 것 같아서."

소토야마 씨가 가방에서 부스럭거리며 수첩을 꺼냈다.

나는 그 슈퍼마켓에서 사려던 싼 장갑을 고르다 말았다.

관련성을 전혀 알 수 없었다. 그런데 그 얘기를 듣고서 불현듯 나는 내일 시내에 나가 오래 사용할 수 있는 장갑을 꼭 사야겠다고 생각했다. 그런 직감은 무엇보다 중요하다고 나는 생각한다. 지금은 이유를 모르지만 중요한 일이라고 생각했다.

한없는 의미를 지닌 그런 일은 우주의 깊은 곳에서 가늘고 아름다운 실로 단단히 이어져 있다.

수첩에서 그가 사진을 꺼내 내밀었다.

"자, 여기."

소년 시절의 소토야마 씨와 옆에는 더 작은 남자아이.

정말 닮았다. 코가 약간 위로 들려 있고 눈이 동그랗고. 내 입으로 말하기 뭐하지만, 꼭 닮았다.

그리고 예감했던 대로 꿈에 나온 아이는 그의 동생이었다.

마치 우리 아이처럼 우리 옆에 있던 그 아이. 나이를 절대 먹지 않는 아이.

그렇다, 소토야마 씨 어머니가 우리 결혼을 넌지시 반대했던 이유는 내가 그의 동생을 너무 닮아서였다.

"동생의 죽음 때문에 어머니는 마음의 병을 앓아 오래 누워 지냈고, 병원에도 다녔고, 괴롭힘에 관한 강연도 다니고, 가해한 아이와 보고도 못 본 척한 아이들에게 절절한 원망의 편지도 계속해 보냈어. 그런 일들이 여러 가지로 많았는데…… 계절에 따라 기복이 있지만 그래도 최근 들어 조금 호전되었거든. 동생 사진은 다 없애 버렸고, 아무튼 겨우겨우 목숨을 부지해 온 상태여서 손주가 생길 수 없다는 건 전혀 문제가 아니었어. 한번 나락으로 떨어지고 났더니 그런 일에는 아주 관대해지더군. 문제는 얼굴이었어."

"미안하네, 이렇게 생겨서."

나는 그렇게 말하고 조금 울컥했다.

그러나 파도가 미처 따라잡을 수 없을 만큼 빨리 밀려나가듯, 그 후에 밀려올 큰 파도를 기다려야 한다고 긴장하듯 내 본능이 그 감정을 억눌렀다. 소토야마 씨 어머니 입장에서 죽은 둘째 아들과 얼굴이 닮은 여자인 나는 아픔이며, 소토야마 씨에게는 그만큼의 희망이다.

"그런 말 하지 마."

소토야마 씨가 말했다. 난처해하는 얼굴이 귀여워 나는 슬며시 웃으면서 말했다.

"첫사랑과 닮은 얼굴의 변주라고 생각하면 마음 쓰이지 않을 거야. 오히려 그보다 좋을지도. 오직 소토야마 씨만의, 마음속 소중한 거니까. 들었다고 이해할 수 있는 것도 아니고, 어머니와 소토야마 씨는 나와는 다른 장면을 봐 왔을 테니까. 나는 내 얼굴이 좋은 방향으로 작용하기를 바랄 뿐. 그렇잖아, 얼굴은 바꿀 수 없으니."

"와, 성품이 좋은 사람이군."

소토야마 씨가 말했다.

"냉정한지도 모르지. 하지만 그 냉정함은 이 슈퍼마켓 밖에 있는 영하의 기온처럼 그저 거기에 있을 뿐이지, 목숨을 빼앗을 뜻은 없다는 걸 믿어. 나 스스로 나를 믿고 있어."

나는 밖을 보면서 말했다. 캄캄하게 빛나는 유리, 그 너머의 어두운 길. 사람은 거의 다니지 않는다. 그러고 보니 추운 곳이었다. 이제 곧 저 엄청난 추위 속으로 나가야 한다.

몇 시간 그 속에 있기만 해도 목숨을 빼앗길지 모르는 기후가 있다는 걸 초등학생 때 홋카이도에 사는 친척 집에 가기 전까지는 몰랐다.

겁이 나서 밖에 나가지 못하는 어린 내게 친척 아저씨가 말했다.

"사람은 이런 기후에서도 살 수 있게 조심하고 지혜를 모으고 힘내 왔으니까 괜찮다.

이를 잘 닦으면 썩지 않잖니? 그런 것과 마찬가지야.

조심하면 이런 온도에서도 사람은 살 수 있단다. 마치

매일이 당연하듯 있는 것처럼. 대비하면 돼. 그것이 인간의 힘이야."

그것과 마찬가지. 목숨을 빼앗길 만한 요소가 수도 없이 많은 커플이라도 불행에 대비하는 마음자세가 있으면 여전히 함께할 수 있다.

길을 찾을 수 있다.

거의 둘이 손잡고 도망친 거나 다름없는 상태라서, 부모가 그리울 때마다 용서받을 기회가 영원히 사라졌다는 사실에 불안해지지만.

밖의 길은 완전히 얼어붙었다. 가로등 밑이 빛나는 것을 보면 알 수 있다. 눈은 그나마 나은 편이라고 이중 창문의 집들이, 뾰족한 하늘과 길이, 색감이 말하고 있었다.

이렇게 삶 바로 옆에 죽음의 기척이 있는 환경에서 산다는 것은 어떤 것일까? 그 친척 아저씨처럼 태어났을 때부터 홋카이도에 사는 사람은 실감할 수 있을까?

그래서 잘 알게 되는 것도 있으리라. 어둡게 얼어붙은 길이 아침 햇살의 강함을 가르쳐 주듯이. 여기 있고 싶다고 결정하는 이유가 보다 확고해지리라.

뼈아프게 경험한 사람들이 있고, 바람에 불려 쓰레기

가 한곳에 모이듯 나는 바람을 타고 그곳으로 날려 간다. 그 자연스러움이 내게는 가장 매끄럽게 여겨진다.

특히 이렇게 먼 이국땅에 있으려니 이내 내 일상 따위는 환영이었다고 생각하게 된다. 그렇게 정성스럽게 잘도 만들었네, 모래성 같은 그런 것을.

감탄하고 만다. 모래성의 새시와 화장실 바닥까지 꼼꼼하게 만들었을 정도니 내게 그런 창조력이 있나 보다고.

얼어붙은 길을 종종 걸어 호텔로 돌아왔다. 길은 물론 호텔 로비도 상당히 어두웠다. 어둠 속에서 슈퍼마켓 봉지만 하얗게 빛났다.

번갈아 샤워를 하고 나자 겨우 몸이 따끈해졌다. 두툼한 양말을 신고, 이를 닦고, 건조한 공기 때문에 땅기는 피부에 크림을 바르고 침대에 들어간다. 시트가 싸늘하다. 창가에 있는 오래된 패널 히트가 열심히 방을 데우고 있다.

잘 자, 했더니 소토야마 씨가 잠이 가득한 표정으로 말했다.

"당신이 역 앞의 녹나무 아래 벤치에서 주먹밥을 먹고

있을 때 그 동그란 눈, 나는 애틋한 그리움에 걸음을 멈추고 책까지 떨어뜨렸어."

"기억하고 있어."

"내게 당신은 절대적이야. 반드시 옆에 있어야 하고, 있기만 해도 좋은 꿈같은 사람이야. 당신을 매일 만날 수 있다면 뭐라도 할 정도로 안심이 돼. 당신만 확보할 수 있으면 내 인생은 아무 문제 없다고 생각해."

그렇게 말하면서 그는 베개를 껴안고 잠이 들었다.

불타올라야 할 신혼여행의 첫날밤이 이렇다니. 트윈 침대에 틈은 없는데 죽은 동생 얘기를 하고는 베개를 껴안다니.

이렇게까지 친구 같고 섹스가 없어서야, 어차피 우리는 아이를 얻지 못하리라.

섹스는 뭐 때문에 하는 거지? 아이를 만들기 위해.

그렇게 생각하자, 그렇다면 우리에게는 별 필요 없을지도 모르겠다는 생각이 들었다.

그리고 그는 이 장면에서 예전의 남자 친구였다면 반드시 했을 "남동생하고 하는 것 같아서 영 기분이 안 나는데." 같은 농담을 하지 않는 사람이다.(예전의 그는 그런 농담이 늘 멋지다고 생각하는 사람이었다.) 지금은 나 개인을 동생과 닮은 사람이 아니라 여자로서 소중히 여긴다는 것도 안다.

왜 여기 있는 것일까? 나는 또 생각했다. 생각이 이끄는 대로.

엄청나네. 내가 있는 장소, 너무 희한하고. 행복…….

호텔 창밖으로 고스란히 보이는 건너편 건물의 창문에는 어스름하게 불이 켜져 있었다. 그 불빛과 내 얼굴이 겹쳐졌다.

닮은 연예인은? 굳이 꼽자면 시바사키 도모카. 어라? 연예인이 아니라 작가잖아!

그런 내 인생은 흐르고 흘러 마침내 누군가를 닮았기에 있을 수 있는 장소에 도달했다.

곰곰 생각해 보았다. 그의 죽은 남동생과 닮았다는 것, 실은 그다지 싫지 않았다. 오히려 기쁘다고 할까. 어드밴티지라고 할까. 내가 좀 이상한 건가.

슬펐던 일이 내 모습을 빌려 작은 행복으로 변하고, 감사의 물결이 마치 저녁 해변으로 밀려드는 파도처럼 밀려온다. 동그랗게, 거푸거푸.

나란 존재가 천사 같은 느낌이 들고, 아무런 아픔 없는 어스름한 빛으로 보여 좋다. 내내 그렇게밖에 생각되지 않았다.

"너를 보는 그 사람 얼굴이 마음에 들지 않는다. 사랑에 빠진 사람의 얼굴이 아니야. 착각이지."

내 엄마는 그렇게 말하고는 만난 그 자리에서 소토야마 씨와의 결혼을 반대했다.

"알아. 당연하지. 과연 우리 엄마네!"

그렇게 말한 내게 엄마는 한층 격노해서는 더 심한 말을 했다.

"아니 너, 여자를 제대로 사랑하지 못하는 얼간이와 아이를 가질 수 없는 너 둘이서 뭘 할 수 있겠어? 아무튼 나는 당분간 작정하고 반대하련다."

거의 저주에 버금가는 가혹한 그 말은 아마 진실이겠지만, 독설로 유명한 엄마의 그런 발언에는 어렸을 때부터 익숙하기 때문에 화도 나지 않았다.

세상에 둘도 없는 당신의 딸이 누군가를 닮아서 좋다고 하는, 그런 상황은 참을 수 없다고 소녀처럼 생각해 줘서 내심 무척 기뻤다.

그런데 나 자신은? 처음부터 그런 생각이 아예 없었다.

첫 만남에서부터 점차 사랑받아 온 과정을 보며 어쩌면 나는 그 동생의 환생이 아닐까? 하는 생각마저 절로 들었는데, 동생이 죽었을 때 이미 나는 이 세상에 있었으니 그렇지는 않을 것이다. 그 정도 기분이었다. 들떠 있었는지도 모른다.

"너는 이제 어른이니까 마음대로 해. 하지만 나는 반대다."

엄마는 단호하게 말했다. 그 눈은 투명하고 강렬하게 빛났다. 나는 그 눈을 보고서 왠지 안심되어 힘이 쭉 빠졌다. 뭐지? 이 일로 이렇게나 몸에 힘이 들어가 있었다니. 그렇게 생각했다. 대신해서 화를 내 주는 것이다. 이 분노는 내가 어딘가에다 두고 온 소중한 감정이다. 아이를 가질 수 없다는 사실이 이렇게나 큰 타격으로 작용해 인생이 버거워질 줄은 몰랐다. 몇 번이나 그 타격이 안 보이는 척하다가 알게 모르게 잃어버린 것. 그렇게 생각했더니 엄마에게 화가 나지 않았다.

작년 여름, 그렇게 반대하는 상태에서 엄마는 뇌경색

으로 갑자기 돌아가셨다.

아지랑이가 피어오를 만큼 후덥지근한 공기, 엄마의 시신이 부패하지 않도록 바로 장례를 치르고 또 바로 화장했다. 그래서 결혼한 것만큼이나 아직 마음 정리가 되지 않았다. 아직도 악몽 속에 있는 심정이다.

형제가 없는 나는 이내 외톨이가 되고 말았다. 여전히 사이좋게 지내는 이모들과 사촌들의 움직임 속에서 엄마의 잔영을 보고는 눈물짓는다.

소토야마 씨의 어머니도 우리의 결혼에 찬성하지 않은 상태에서 병원에 입원해 그대로 돌아가셨다.

물론 자살은 아니고, 장기간 약을 복용한 탓에 약해진 심장에 마비가 왔다고 한다.

소토야마 씨가 원해서 가족끼리 간소하게 장례를 치렀다. 나도 참석했다.

처음 만난 소토야마 씨의 친척들은 나를 보자 하나같이 무슨 말인가 하고 싶은 표정이었다. 그야 그렇겠죠, 하고 나는 생각했다.

"양쪽 어머니가 온전히 찬성할 마음이 들 때까지 차분

하게, 천천히 사귈까?"

"응, 두 분 모두 그렇게 오래 버티지는 못할 것 같으니까."

그렇게 태평한 말을 주고받았던 우리는 긴장이 좍 풀리고 말았다. 그러고는 당당히 혼인신고를 하고 둘이 함께 살기 시작했다. 상중이라 피로연은 하지 않고, 소식도 개별적으로 전화를 걸어 알렸다. 아무도 반대하지 않았다.

그렇게 해서 풀어야 할 일이 전부 사라지고 우리만 남았다.

어차피 결혼할 테니까 찬성으로 돌아설 때까지 느긋하게 사귀자는 마음자세여서 조금도 부모의 죽음을 바라지 않았고 저주하지도 않았다는 것만은 확신했다. 만약 그렇지 않았다면 혼인신고도 하지 못했으리라.

이런 일도 다 있네, 하며 나는 줄곧 얼이 빠져 있었다.

중앙역에서 비교적 가까운 그 잡화점은 마치 일본의 팬시한 잡화점 같았다.

전면이 유리이고, 널찍하고, 커피도 팔고, 귀여운 소품과 액세서리가 있고, 감각적인 인테리어 용품도 있고.

혹은 일본의 잡화점이 이쪽 잡화점을 흉내 냈는지도 모르겠다.

나는 선물로 쓸 소품을 막연하게 고르고 있는데 소토야마 씨가 계산대 앞에 줄 섰다.

웬일이지. 그가 이렇게 귀여운 가게에서 무언가를 샀다. 혹시 호텔에서 마시려고 커피 원두를 샀나? 하고는 다시 뭘 살지 내 생각으로 돌아갔다.

가게를 나설 때마다 한기가 덮쳐 와 번번이 꼭 놀란다. 걸음을 멈추기가 힘들 정도였는데 소토야마 씨가 가게의 종이봉투를 건네서 어리둥절해하며 받아 들었다. 검은 가죽 안에 몽글몽글한 양털이 든 투박한 손모아 장갑이 들어 있었다. 남성용 아니야? 싶을 정도로 투박했다. 하지만 기뻤다.

"고마워! 평생 쓸게."

내가 말했다.

"평생 쓰지 않아도 돼."

소토야마 씨가 쑥스러워했다. 쑥스러워지면 고개를 돌리는 모습이 귀엽다. 언젠가는 얄밉게 변할 수도 있는 뜨거운 귀여움이 아니다. 분재 같은, 정원석 같은 귀여움.

"평생 쓸 거야. 내 관에는 이걸 나란히 넣어 줘."

내가 말했다.

"그런 말 하지 마. 게다가 당신, 여름에 죽을지도 모르잖아."

소토야마 씨가 웃었다.

여름에 죽는다.

그 순간 예언처럼 울린 그 말이 내 혼에 여름 햇살을 환기했다.

건물 사이로 비치는 멀건 지금의 빛이 아니라 작열하듯 뜨겁고, 모든 것을 정화하는 듯 강렬한 빛.

미래에서 비추는 그 작은 빛이 한순간 등대의 불빛처럼 나를 비췄다. 비록 죽음의 냄새를 품고 있었지만. 그때까지 함께할 수 있다면 얼마나 좋을까.

"여름이면 뭘 넣을 건데?"

내가 물었다.

"당신이 중학생 때부터 입고 있다는 그 구멍 난 검은 탱크톱 아닐까."

그가 웃었다.

그렇게 서 있는 잠깐 사이에도 바늘로 찌른 것처럼 볼

이 새빨개진다.

신발 밑에서 냉기가 찌릿찌릿 올라온다. 우리는 다시 걸었다. 구름 한 점 없이 맑은데 태양의 강한 힘이 미치지 않는 세계를, 나는 처음 느꼈다.

그 장갑은 물론 벗지 않으면 구글 맵을 검색할 수 없고, 너무 투박하고, 겉으로 보이는 바느질 자리도 엉성했지만 나는 기뻤다.

마치 첫사랑 연인에게 두 번째 단추를 받은 기분.*

갖고 있다는 게 중요한 것.

여름이 찾아와 따가운 햇볕이 쨍쨍 내리쬐면 이 나라에서의 일이 모두 꿈이었다고 생각할 텐데 그런 것과 마찬가지로.

우리 '몸'은 절대 여기 없는 것은 생각하지 않는다. 마음만 유령처럼 이곳저곳을 헤매고 돌아다닌다.

너무도 좋아했던 할머니가 돌아가셨을 때 화장한 다음 재에서 그렇게 컸던 대퇴골이 보이지 않는 것을 보고,

---

* 일본에서는 졸업식에서 남학생이 좋아하는 여학생에게 심장과 가까운 두 번째 단추를 선물하곤 한다.

그렇겠다고 생각했다.

부젓가락으로 집을 수 없는 것은 사전에 따로 보관하는 것이다. 터미네이터나 로봇이 아닌 한. 다른 소재는 눈에 띈다.

할머니 침대 옆에서 엄마와 함께 설명을 들었다.

“이런 것을 여기에 넣습니다.”

주치의인 외과 의사는 할머니의 허벅지에 인공 대퇴골을 갖다 댔다.

할머니는 싫다는 표정으로 나를 보았다.

“좀 보여 주세요.”

엄마가 말했다. 엄마는 의사가 건네 준 인공 대퇴골을 바라보았다.

그러고는 내게 휙 건넸다.

나는 이 인공뼈가 앞으로 할머니의 보행을 지탱해 줄 것이란 생각에 볼을 맞댔다.

의사가 씁쓸히 웃으면서 말했다.

“사람 몸에 들어 있던 겁니다, 그거. 소독은 했지만.”

그렇구나. 누군가를 태웠더니 나온 거구나, 하고 생각했다.

할머니 장례식에서 그때를 떠올렸다. 그렇구나, 그랬구나, 하고.

모두가 없어진다는 사실이 한층 더 '자연스럽게' 여겨질 날은 내 차례가 다가왔을 때. 지금은 아직 너무 젊어서 부자연스럽고 마냥 악몽 속에 있는 것 같다.

"동생 때문에 가장 힘들었던 감정은 뭐야?"

걸어가면서 소토야마 씨에게 물어보았다.

"분함이려나. 동생은 성격도 밝고 멘탈도 강했어. 그런데다 운동도 좋아해서 검도를 배우고 있었기 때문에 스스로 어떻게든 할 수 있다고 했어. 고집을 부린 게 아니라 그냥 자연스럽게 괜찮다고 해서 아무도 그런 일이 생기리란 생각을 못 했어. 괴롭힌 쪽도 죽을 줄은 몰랐겠지. 요즘 아이들은 사람이 어느 정도 되어야 죽는지 잘 몰라."

소토야마 씨는 하얀 숨을 내쉬면서 담담하게 말했다.

"정말 힘들었겠네."

내가 말했다.

이 이상 묻지 말자고, 그가 얘기하고 싶어졌을 때, 그가 얘기를 꺼냈을 때만 묻자고 생각했다.

그리고 높은 건물 사이를 나란히, 조용히 걸었다.

소토야마 씨를 정말 타인이라고 처음 생각했다. 나와는 다른 몸속에 있고, 다른 우주를 살고 있다.

하지만 깊은 곳에서는 모두 이어져 있다. 그렇지 않다면, 그렇다고 믿지 못하면 결혼 따위는 당연히 할 수 없다.

그의 마음에 있는 새카만 얼룩 같은 것을 그 또한 보지 않으려 하고 있다.

동생이 그의 마음의 얼룩이 되어서 가엾다.

좋은 기억으로만 떠올렸으면 싶다. 그에 힘을 보탤 수 있다면 좋겠는데 나라는 존재가 상처를 더 패게 할 가능성마저 있다.

그런데도 무심하게, 뻔뻔하게, 서슴없이 다만 여기 있는 편이 당연히 낫다. 모든 것이 조금이라도 밝게 여겨질 때까지.

엄마도 소토야마 씨 어머니도 돌아가시고 얼마 지나, 나는 엄마의 죽음을 아빠에게 꼭 직접 전하고 싶은 마음이 들었다.

친척과 사촌들은 함께 슬퍼해 주었기 때문에 아빠가

어떻든 상관없었지만, 아빠가 지금 어떻게 지내는지 알고 싶어 그만 행동에 옮기고 말았다.

이모에게 아빠가 근무하는 곳과 부서를 물어 알고는 어느 라디오 방송국 입구에서 기다렸다. 모두들 목에 건 패스 같은 것을 삑 찍는 곳에서 마치 대기 타는 사람처럼 아빠를 기다렸다.

퇴근 시간은 각기 다르리라 판단하고, 이른 아침에.

아빠는 어린 내 기억 속 아빠와 거의 다르지 않았다.

머리가 조금 희끗희끗해지고, 주름이 조금 깊어지고, 검버섯이 조금 생긴 정도의 변화가 다였다.

"저, 기시다 씨…… 아빠."

내가 말했다.

아빠는 움찔 놀라며 나를 보았다.

바로 웃어 주었으면 했다. 오직 그 한 가지를 바랐는데 그렇지 못했다. 엄마가 아빠를 죽어라 싫어했기 때문에 애써 만나려 하지 않았다.

앞으로는 만날 수 있게 되려나 하는 희망도 조금은 품고 있었다.

무언가가 줄었으니 무언가가 늘기를 바랐다.

움찔 놀란 표정을 짓고야 아빠는 겨우 웃어 주었다. 나는 진심 안도했다. 유전자 레벨의 안도였다.

이 사람과 손을 맞잡고 걸은 적이 있다니…… 지금은 절대 못 하지, 하고 나는 생각했다. 아빠가 너무 젊어 보여 기분 나쁠 정도였다.

"유키요? 유키요구나. 와, 깜짝 놀랄 만큼 어른이 되었구나. 미안한데 아빠가 지금 지각이야. 나중에 점심 같이 먹지 않겠니? 좀 기다려야겠지만."

아빠가 말했다. 과연 업계 사람, 계획이 철저하다.

"네, 나중에 다시 올게요. 저, 엄마가 돌아가셨어. 그리고 나는 결혼해."

내가 말했다.

"연락이 왔었어. 장례식에 못 가 미안하다. 돈 때문에 이모들에게 질책당할 걸 생각하니 무서워서. 그래도 집에서 향을 피우고 두 손 모아 명복을 빌었다. 꽃도 바치고. 지금 가족도 함께해 주었어. 그, 네 결혼 소식은, 몰랐다만."

아빠가 말했다.

"그래서 온 거야."

내가 말했다. 토라진 아이처럼 퉁명스럽게.

"축하한다."

아빠가 말했다.

다행이다, 내가 좋아했던 아빠가 서먹한 가면 속에서 슬금슬금 나타났어, 하고 나는 생각했다.

"12시에 여기서."

그렇게 말하고 아빠는 달려갔다.

바람맞힐까 보다, 하는 마음도 스멀스멀 일었다. 복잡했다.

어느 시기부터 양육비를 들쭉날쭉 보내 옥신각신했던 아빠와 엄마.

이제 연이 끊겼다고 생각하라고 내게 거푸 강조했던 엄마.

때로 충동적으로 돈을 보냈던 아빠. 아빠와 아빠의 새 부인 사이에서 아이가 태어나 돈이 많이 들게 됐으리란 건 간단히 짐작할 수 있었다.

나는 남자를 잘 모른다. 그렇게 생각했다. 이렇게 인상 좋은 아빠를 그렇게나 미워했던 엄마. 아마도 인상이 너무 좋아서였겠지만.

낮에 결국 나는 그곳에서 아빠를 기다렸다.

십 분 늦게 아빠가 나왔다. 미안하다, 뭐든 맛있는 거 사 줄게, 하면서.

나는,

"축하를 대신해서 이 주변에서 가장 비싼 것."

하고 말해 보았다.

"런치 정도는 문제없지."

하고 웃으며 아빠는 고급 중식 레스토랑에서 런치 코스를 사 주었다. 비싼 글라스 샴페인도 곁들여서.

하얀 테이블클로스를 씌운 동그란 테이블 위의 판을 빙빙 돌리면서 요리를 서로에게 덜어 주고, 차를 따라 주었다.

"어떤 사람과 결혼하는데?"

아빠가 물었다.

"사진 볼래? 엄마가 돌아가셨고, 그 사람 어머니도 거의 비슷한 시기에 돌아가셔서 혼인신고만 했지 식도 올리지 않고 같이 살 뿐이지만."

나는 그렇게 말하고 소토야마 씨의 사진을 보여 주었다.

"오, 느낌이 좋은데. 상큼하잖아. 괜찮은 사람 같아."

아빠는 노안경을 끼고 사진을 가만히 보고는 말했다. 적당히 하는 말은 아니라는 게 전해졌다.

"맞아 맞아. 그런 평범한 얘기를 듣고 싶었어."

내가 말했다.

"엄마는 평범한 반응을 보이지 않았나?"

아빠가 웃었다. 그리고 다시 말했다.

"엄마, 마지막에 고통스러워했어?"

"엄마는 내 결혼에 반대했기 때문에 반응이 좋지 않았어. 그리고, 마지막에는, 응, 순식간이었어. 의식이 없는 상태에서 병원에 실려 갔는데, 아, 그 늘 다니는 병원. 그대로 다음 날 아침에 돌아가셨어. 약간 부운 정도였지, 예뻤어."

"그렇구나. 고통을 겪지 않았어. 그리고 예뻤고."

아빠가 말했다.

망고 푸딩을 먹으면서 나는 눈물을 흘렸다.

"엄마 성격이 그렇게 대단했으니까 어쩔 수 없다고 생각은 하지만. 게다가 부부는 남자와 여자니까 그것도 어쩔 수 없다고 생각해. 그래도 나는 아빠가 조금 더 우리와 함께 있었으면 했어. 그렇잖아, 나로서는 갑자기 그렇게 극단적인 가치관의 세계와 본의 아니게 마주하게 되어서 매일이 조금도 평온하지 않았다고. 평범하게 저쪽이 안 되면 이쪽에 졸라야지, 그런 식으로 지내고 싶었다고. 완충재가 없는 세계에 있고 싶지 않았고, 아무튼 아빠랑 같이 살고 싶었어. 아빠 스웨터가 널린 풍경을 보고 싶었고, 전구도 바꿔 주길 바랐어. 벗겨진 자전거 체인도 고쳐 주고, 라면도 먹으러 가고, 그러고 싶었어. 그리고 성격은 그렇지만, 엄마랑 사이좋게 지내기를 바랐어. 나, 애당초 그런 세계에 태어났잖아. 그 세계가 무너질 줄은 몰랐다고."

"이혼한 가정의 모든 아이가 그렇게 생각하겠지. 미안하다, 같이 살지 못해서."

아빠가 말했다.

나는 냅킨으로 눈물을 닦고 말했다.

"아무튼 이렇게 어리광을 피우고 싶었어. 이제 후련하네."

"알아. 너는 어렸을 때랑 성격이 전혀 달라지지 않았어. 엄마가 너를 올곧게 잘 키웠다고 생각한다. 잘 해 왔다고 생각하고, 감사하고 있어. 앞으로도 이렇게 가끔 만날 수 있으면 좋겠구나."

아빠가 말했다.

소토야마 씨가 열심히 검색해서 마음먹고 디너를 예약한 그 레스토랑.

내 빈곤한 지식 속에서 가장 비슷한 예는 『오리엔트 특급 살인』이나 『안나 카레리나』 같은 이미지.

모든 것이 바로크적이었다.

금과 은. 촛대. 클록룸에 버틀러. 대리석, 거울.

자신이 여기 있다는 게 아주 신기하게 느껴지는 공간이었다. 평생 이런 가게에는 발을 들여놓지 않을 것이라고 생각했을 법한. 게다가 너무 추워서 복장이 번듯하지 않았다. 얇은 옷 위에 아주 비싸고 두툼한 코트를 입는 것이 정석일 듯한 가게였는데 나는 스웨터를 껴입고 못생긴 부츠를 신고 있었다. 그래도 가게 사람은 웃으면서 맞아주었다.

딱 한 번 약혼을 축하하러 긴자에 있는 '아피시우스'라는 어마어마한 레스토랑에 단둘이 갔는데 그때는 제대로 드레스 업을 했다.

둘 다 부모가 돌아가신 지 오래지 않은 때라 분위기가 조금도 무르익지 않았고, 크레송 샐러드에 눈물이 떨어졌던 기억이 난다. 가게 사람들이 우리가 가여웠는지 디저트를 서비스로 해 주었다. 그런 고급 레스토랑에서 울다니 민망해서 어쩔 줄 몰랐지만 천국처럼 맛난 맛이었다.

둘밖에 없는 세계에 손을 잡고 동그마니 서 있다. 서로에게 매달리기는 겁이 나니까 조금은 암울한 기분으로 각자가 그저 앞을 보며 거기에 있다.

그런 가운데 조금씩 생활해 나갔다. 우리 생활을 지켜봐 주는 사람은 아무도 없었다.

이번 고급 레스토랑에서 우리는 딱 봐도 관광객 분위기라 부끄러웠다.

"기껏 왔는데 클록룸 사용해 보고 싶어. 돈이 많이 들겠지만. 한번 해 보고 싶어."

단벌 캐시미어 코트를 벗고서 나는 말했다.

"그러자, 그러자."

그도 다운 코트를 벗었다.

정장을 반듯하게 차려입은 통통한 아저씨가 털 돋은 손등을 보이며 노련한 동작으로 우리 코트를 가져갔다.

나는 투박한 장갑을 떨어지지 않게 주머니에 단단히 집어넣었다. 우리 옷은 금빛으로 번쩍거리는 벽장에 고이 고이 보관되었다. 아름다운 글자체로 쓰인 숫자 번호표를 받아 든다.

우리는 오래된 궁전처럼 유난스레 장식이 많은 의자에 앉아 역시 장식이 많은 테이블 너머로 마주했다.

“신혼여행 같네.”

“맞다니까 그러네.”

그렇게 속삭이면서 둘이 웃었다.

은식기가 순서대로 놓여 있어 조금 긴장했다.

언젠가 이런 레스토랑이 어울리는 나이가 될까. 지금은 소꿉놀이를 하듯 이렇게 마주하고 있지만 시간은 어김없이 흘러간다.

돌아가면 어떤 생활이 기다리고 있을까.

우리는 그 무게에 점차 짓눌리고 말까? 아니면 지금 이대로 몽글몽글 살아갈 수 있을까.

앞으로 얼마나 많은 밤을 둘이서 지낼 수 있을까.

따스함이 스미고, 행복을 곱씹는 그런 밤을.

포기한 것도 아니고 담담한 것도 아니다. 소리 없이 태우고 있다, 이 생명을.

그의 방에서 돌아가시기 얼마 전의 엄마에게 전화를 건 적이 있다.

오늘은 밖에서 잔다고 전하고 싫은 소리를 듣는 평소 같은 통화로 여겼더랬다.

엄마가 받았을 때 왠지 나는 울고 있었다.

눈물이 흐르고, 할 마음도 없는 말이 입에서 또르르 흘러나왔다.

"엄마, 엄마. 반대해도 좋으니까, 만약 내가 집을 나가서 그 사람과 같이 살더라도 이렇게 전화해도 괜찮아?"

나 역시 뜻하지 못한 내 목소리와 눈물에 깜짝 놀랐다.

이 목소리, 내게서 나오는 거네, 하고 생각했다.

"무슨 소리니? 왜 그래? 다퉜어? 벌써 헤어졌니? 아니 대체, 왜 그러는 거야?"

엄마가 웃었다.

"엄마가 너나 그 사람을 싫어하는 것도 아니고, 허락하지 않은 것도 아닌데. 그냥 도리상 반대하는 거야. 너희에게는 그런 게 필요한 느낌이 든다고. 지금 결혼 같은 소리 하지 마. 앞으로 몇 년은 반대할 거니까."

"미안해. 엄마, 그러니까 절대 죽지 마. 반대하고 싶을 때까지 살아 있어."

내 입에서 왜 그런 말이 나왔을까.

당시 엄마는 쉬 피곤해진다는 말은 했지만 접객하는 파트타임 아르바이트를 하고 있었고, 아무 병도 앓지 않았는데.

"죽기는 왜 죽어. 걱정 마라."

엄마 목소리가 오싹하리만큼 진지했다.

우리는 마음속 깊고 먼 어딘가 우주 같은 곳에서 피차 알고 있었으리라.

"어느 가게에나 그렇게 쓰여 있어서 '라빈톨라'가 대형 체인점인가 했는데 '식당'이라는 뜻이었어! 조금 전에 '라빈톨라 카모메'*라는 가게를 보고 이해가 갔어."

소토야마 씨는 빵에 생크림이 든 버터를 바르면서 내게 여행 책자를 보이고는 웃었다.

---

* 영화 「카모메 식당」을 촬영했던 가게.

"내일은 '에로 만화'라는 엄청난 이름의 카페에 가서 시나몬롤을 먹자. 급할 거 전혀 없는 여행이잖아. 사우나에도 한번 가고."

"신혼여행이 아니라 노부부의 황혼 여행 같은 차분한 기분."

나는 고개를 끄덕이며 말했다. 딜을 듬뿍 띄운 새하얀 수프를 먹으면서.

이 나라 음식이 모두 얼어붙은 몸을 뼛 속 깊이 데워 주어 기후를 참 잘 고려했다고 감탄했다.

소토야마 씨가 말했다.

"우리 이 여행을 즐겁게 끝내고 일본으로 돌아가면 다시 평소처럼 생활하겠지. 그게 얼마나 행복한 일이야.

나는 동생의 죽음에서 조금씩 다시 일어설 무렵부터 살아 있다는 것 하나로도 숨이 벅찰 만큼 행복했어. 왼발을 내밀고, 오른발을 내밀고. 지면을 느끼면서 앞으로 나아가는. 그것만도 기쁠 정도로.

그렇게 가혹한 일이 보통은 일어나지 않는 매일을 살아갈 수 있다는 것, 그거 하나로 행복을 알게 되었어. 동생이 있는 기쁨, 없어진 고통, 그런 것과 무관하게 지금 속에 계속해 몸을 담그고 있으면 그 눈으로만 이 세상을 보게 되잖아. 자신에게 좋은 것과 나쁜 것이 확실히 보이지.

그리고 당신은 동생을 닮은 것도 그렇지만 살아 있는 인간인가? 싶을 만큼 싫은 구석이 없는 정령 같은 존재야.

인생이라는 거, 표면을 보면 온통 답답한 일뿐이지. 싫은 일, 견디기 힘든 일이 많고, 마음은 상처 입고 몸은 늙어 가고. 그리고 끝내는 죽고. 그렇다면 살지 않는 편이 좋지 않나? 하고 누가 물을 수도 있지만, 아니, 사는 한 살자고, 몸도 살아 있으니 살자고 매번 대답하고, 그저 여기 있기만 해도 좋잖아. 그런 게 행복이야. 그러니까 지금 나는 행복해. 이렇게 낯선 나라의 아름다운 레스토랑에 아내와 둘이 있는 것만으로도."

자기 인생을 받아들일 뿐, 살아 있다는 것을 인정할 뿐.

이 사람과 이 사람의 어머니는 이 말을 수천 번 수만 번 반복했겠지, 하고 나는 생각했다.

"있지, 동생이 거북 키우지 않았어?"

"아니, 유키요, 당신 초능력자야? 어떻게 알았어? 실은 그 거북, 아직 살아 있어. 내 친구가 가져갔지만. 내가 그 얘기를 했던가?"

소토야마 씨가 물었다.

"못 들었어. 그래도 그 거북 붉은귀거북이 아니라 육지 거북이지?"

내가 물었다.

"어떻게 아는데? 무섭다."

소토야마 씨가 진짜 졸았다.

"꿈에서 봤어."

나는 웃었다.

"당신들, 젊지만 아주 멋진 부부군요."

클록룸 아저씨가 사투리 섞인 영어로 말했다.

내게 두꺼운 코트를 입혀 주면서. 나는 주머니에서 그 장갑을 살며시 꺼내면서 아저씨를 보았다. 이런 레스토랑에 오는 부인은 절대 끼지 않을 투박한 장갑. 그러나 세상에서 가장 소중한.

"그래요? 감사합니다. 그런데 왜?"

내가 물었다.

"보면 알아요. 여기서 다양한 부부를 보아 왔으니까요. 당신들은 보는 사람이 흐뭇해서 미소 짓게 되는 아주 멋진 부부입니다. 만약 내가 당신들 부모라면 자랑스러워할 거예요."

그가 말했다.

"아까 당신들 자리 뒤에 앉아 계셨던 코르호넨 부부도 그렇게 말씀하셨어요. 지난 몇 년 동안 매주 금요일 밤에 여기서 식사하시는 부부입니다. 신혼여행을 온 듯한 저 부부에게 조촐한 선물로 이걸 건네 달라시며 초콜릿을 제게 맡기셨습니다. 이 나라를 좋아하게 되면 좋겠다고 하시더군요."

포장되어 있지 않았지만 노포 '파체르'란 카페의 초콜릿이었다. 상자에는 무민 그림이 그려져 있다. 아까 그 앞을 지나면서 내일 들러 볼까 얘기했던 중후한 인테리어의 멋진 가게. 가게와 카페가 한데 어우러져 있고, 꿈같은 패키지의 초콜릿이 진열되어 있고, 연세가 있는 어르신들이 북적북적 모여 있었다.

그러고 보니 노부부가 들어올 때 그 가게의 커다란 쇼핑백을 들고 있었지, 하고 나는 생각했다. 이곳 사람들에게 그 가게 과자는 늘 떨어지지 않게 상비해 두는 것이리라. 손수가 오면 주고, 간소한 선물로도 사용하고, 차를 마실 때 곁들이고. 이렇게 다른 나라에서 온 신혼부부에게 선물하기도 하고.

장갑 낀 내 오른쪽 손바닥에 놓인 초콜릿 상자에서 행복의 무게를 느꼈다.

클록룸 아저씨가 전해 준, 모르는 노부부의 말이 얼마나 고마웠는지.

우리 어머니들이 어쩌면 하고 싶었을지도 모르지만 영원히 할 수 없게 된 말을 이 나라 사람들이 대신 해주었다.

이왕 이렇게 되었으니, 누구라도 좋으니 그렇게 말해줬으면 했다.

그렇게 생각하자 눈물이 핑 돌았다.

번져 보이는 가게의 금빛에 눈물도 금색으로 바뀐다.

아직 장갑을 끼지 않은 내 왼손을 꼭 잡고 소토야마 씨가 그에게,

"고맙습니다."

라고 말했다.

"좋은 밤을."

클록룸의 그가 말했다. 내가 우는 것을 보고도 못 본

척하면서.

둥그런 어깨, 단정한 흰머리. 서비스업에 종사하는 아저씨만이 가능한 만국공통의 듬직하고 친절한 그 태도가 사랑스러웠다.

누군가가 인정해 주면, 그 누군가가 만나지 않은 아빠더라도, 낯선 나라의 낯선 사람이더라도 우리는 함께 있어도 좋다는 자신감을 키워 나갈 수 있다.

그리고 이 차가운 공기는 일본의 봄과 한 하늘로 이어져 있다.

지구가 둥그렇기 때문이다. 마찬가지로 이쪽 세계도 저쪽 세계도, 다른 사람과 엄마들의 감상도 모두 이어져 있다. 잘 생각해 보면 당연한 일이다. 모든 것이 여기 있는데 자기 틀의 좁은 눈으로 딱 떼어 놓고 보는 쪽은 오히려 나다. 그렇게밖에 보지 못하는 쪽은.

내 자궁도 엄마도 이모도 소토야마 씨의 아버지도 어머니도 동생도, 그 외의 이미 있지 않은 사람과 생물 모두.

이 거대한 세계 안에 존재하고, 확실하게 존재했다는 사실은 변함없다.

"돌아가면 강아지 키워도 돼?"

내가 물었다.

"아이는 오지 않고, 낮에 심심할 테니까."

"응, 좋아. 나도 마침 개와 산책하고 싶다는 생각을 했어. 애써 근처에 공원이 있는 곳으로 이사 왔는데 혼자서 조깅해 봐야 재미없잖아."

소토야마 씨가 담담하게 말했다.

더없는 가여움을 자명한 사실로 지니고 있는 인류와 그 빛나는 행복을 태우고 언제 어디서든 지구는 돈다.

오늘도 차가운 얼음에 갇힌 밤이 찾아온 헬싱키 거리의 한 모퉁이에서 나는 그렇게 확신했다.

# 카론테

"너 이름 무슨 뜻이야?"

장 루카가 내게 물었다. 욕망을 품은 손으로 내 몸을 어루만지면서. 어둠 속에서 엷은 갈색 눈이 무척 아름답게 빛났다.

"시지미는 조개. 아주 작은 조개. 바지락이라고, 된장국에 넣어."

나는 그렇게 설명했다.

장 루카는,

"귀여운 이름이군."

하며 웃었다.

"부모님이 첫 데이트에서 정식을 먹었는데 바지락 된장국이 맛있었대. 그래서 그 이름으로 했다네."

나는 말했다. 긴장이 화르르 풀렸다.

우와, 마리코가 말했던 대로 이탈리아 사람은 여기저기에 털이 정말 많다. 게다가 부숭부숭하게. 쓰다듬으면 꼭 강아지 목을 만지는 기분이다.

장 루카와 알몸으로 서로를 껴안고 있는 내내 그렇게 생각하면서 그의 몸을 쓰다듬었다. 욕망 없이.

또 한 가지, '이번 여행에서 해야 할 일과 이 섹스는 무관한데 해 버렸네, 그만 실수를 했어.' 하는 생각을 했다.

이미 뒤로 물러날 수는 없지, 하는 냉철한 기분으로 참전했다.

나는 반지를 끼는 습관이 없어 시작되기 전에 일단 "나 결혼했어." 하고 말했지만, 상대는 조금도 개의치 않았다. 과연 이탈리아 사람, 하고 나는 생각했다.

어젯밤 로마에 도착하자마자 묵고 있는 호텔의 작은 로비에서 죽은 친구 마리코의 약혼자 마테오를 오랜만에 만났다.

몇 년 전 그가 일본으로 놀러 왔을 때 만나고 처음이었다. 그리고 마리코가 죽은 후에 만나는 것도 처음이었다. 마리코 없이 만난 적은 한 번도 없다. 그러니까 둘밖에 없는 상황이 마리코의 부재를 절로 부추기는 꼴이었다.

우리는 로비에서 서로의 얼굴을 보자마자 눈물이 멈추지 않아 부둥켜안고 한참을 울었다.

눈이 새빨개진 채 호텔에서 걸어 오 분 정도 거리에 있는, 마리코가 좋아했던 노포 트라토리아, 모르가나에 가서 저녁을 먹었다.

마리코와 함께 몇 번이나 식사한 적 있는 가게였다. 대체로 도착한 날 디너로, 장거리 비행과 시차 때문에 멍한 가운데. 그다음 호텔이 아니라 마테오와 마리코가 사는 집에 가서 조그만 게스트 룸에 묵었다.

마리코 어머니에게 받아 온 유품과 사진을 마테오에게 전부 건네고, 그것들에 얽힌 일화를 하나하나 설명하고, 마리코의 그리운 글자가 적힌 노트를 보면서 뭐라고 쓰여 있는지 해설했다. 마치 무슨 임무처럼 최대한 담담하게. 그런데도 눈물이 몇 번이나 불쑥불쑥 발작적으로 터져 나왔다.

그는 마리코가 이십 대 시절에 일본에서 부적처럼 늘 하고 다니던 은목걸이(미국 원주민 주얼리로 터키석과 래브라도라이트가 촘촘히 박힌 코코펠리*의 모티프였다.)를 그 자리에서 바로 목에 걸었다.

마리코의 가슴에서는 꽤 크고 투박하고 무거워 보이더니 체구가 큰 마테오의 가슴에 있으니 작아 보였다.

다행이야, 마리코. 무사히 잘 전했어, 하고 나는 생각했다.

물론 마테오와 마리코가 같이 살던 방에는 최근 추억의 물건이 더 많이 있겠지만.

마테오도 나도 서로가 울면 매번 덩달아 눈이 빨개지도록 울었다. 일상에서도 피차가 그런 식으로 지내던 때였다. 물론 음식도 잘 넘어가지 않았다.

재회를 축하하며 주문한 스푸만테 한 병을, 전채로 주문한 물소 모차렐라 치즈와 생햄과 라드를 올려 칼로리가 높은 바게트와 함께 찔끔찔끔 먹고 마시기도 힘겨웠다. 긴 시간 대화하는데도 술도 음식도 좀처럼 목을 넘어가지

* 미국 남서부 신화 속 다산과 풍요를 상징하는 신이다.

않았다. 상복은 아니어도 온몸을 검게 휘감은 차림으로 물건을 펼쳐 놓을 때마다 우는 우리를 가게 사람도 가만히 내버려두었다.

"시지미, 사실 우리, 일단 헤어질까 하는 얘기를 했었어. 그리고 그녀가 당분간 혼자 지내고 싶다면서 집을 나가 연락을 끊는 바람에 일주일 동안 전혀 만나지 못했어. 본인은 일본인 친구 집에서 지냈다고 하는데, 아무도 자기라고 나서질 않아. 누구와 지냈는지 진짜 수수께끼야. 뭐 아는 거 있어?"

마테오는 다림질한 깔끔한 손수건으로 눈물을 닦으면서 말했다. 그때만, 마치 지금 살아 있는 사람에게 질투하는 것처럼 눈빛이 날카로웠다.

그는 다림질광이라서 절대 내게 맡기지 않아, 하던 마리코의 다정한 옆얼굴이 마음의 스크린을 스쳐 지나갔다.

이 얘기는 반드시 하게 될 것이라고 각오하고 있었기 때문에 나는 신중하게 말했다.

"그런 얘기는 못 들었는데. 결혼하면 거의 일본을 떠나 있어야 하니까 망설여진다는 말은 했지만."

사실 자세하게는 듣지 못했으니 거짓말은 아니다.

그랬구나, 마리코, 그 단계까지 갔었구나, 하고 생각했다. 아, 마리코와 얘기하고 싶다. 말을 맞추고 싶다. 그러나 두 번 다시 얘기할 수 없다.

"그런데 그녀가 죽기 일주일 전에 내게로 돌아왔어. '일본이 그리워서, 당신과 결혼하면 일본에 쉬 갈 수 없다고 생각하니까 일본이 점점 더 그리워서. 그래서 일본인 친구와 지냈어. 바람을 피운 건 아니야. 그래도 당신과 떨어져 지내며 찬찬히 생각할 수 있어서 향수병을 이겨 냈어.' 하더군. 요즘은 비행기 티켓도 다양하게 많으니까 돈 생각 말고 이리저리 뒤져서 어머니 뵈러 가면 된다고 늘 말했는데 말이야."

"결혼하게 되면 무게가 다른걸."

나는 신중하게 말했다. 그가 말을 이었다.

"그다음 일주일 동안 한편으로는 의심이 차올랐지만 최고로 행복했어. 그래서 이제 어떻든 상관없으니까 살아 있으면 그만이었어. 고민하고 방황해도 좋으니까 죽는 것보다는. 아무튼 부딪쳐 보자고, 결혼에 대해서 현실적으로 의견을 좁혀 가자고 한 참이었어. 살아만 있어 주면 바람 따위는 얼마든지 피워도 된다고, 지금은 그렇게 생각해. 그런데 이런 일이 생기다니 아직도 믿기지 않아. 나는, 이렇게 살아 있는데. 마리코가 없는데도."

마테오는 참지 못하고 또 눈물을 흘렸다. 나는 그 널찍한 어깨에 톡톡 손을 얹었다.

아무도 어떻게 할 수 없는 상황을 살고 있는 그의 어깨를. 마리코는 이 온기를 사랑하고, 때로는 격하게 미워했으리라.

그런 때 마테오의 친구 장 루카가 우연히 가게 앞을 지나가다 창밖에서 손을 흔들었다. 마테오가 들어오라고 손짓하자 성큼성큼 경쾌하게 우리 자리로 날아 내려와, 기분이 겨우 조금 가벼워졌다.

누가 되었든 뭐가 되었든 좋으니 이 공간에서 꺼내 달라고 하고 싶을 정도로 힘들고 괴로웠기 때문이다.

그가 천사로 보였다.

단정하고 청결한 옷을 입고, 건강하게 살아 있고, 내일이 있고, 마리코를 잃지 않은 새로운 사람. 지금까지 몰랐던 사람. 그런 요소만으로도 후광이 비치는 듯 보였다.

장 루카는 나와 마테오가 마치 헤어지자는 얘기를 하는 남녀처럼 슬픔의 늪에 빠진 채, 마리코의 추억으로 어두운 미궁에서 헤어 나오지 못하던 그 시간에서 지금의 로마로 우리를 순식간에 옮겨다 주었다.

울어서 눈이 퉁퉁 부은 우리에게 다감하고 명랑하게 말을 걸어 주는 장 루카와 함께 한 접시라도 열심히 먹어 보자고 웃으면서 가게의 추천 요리인 까르보나라와 아마트리차나(로마 사투리에서는 '아'를 발음하지 않는다고 장 루카가 가르쳐 주었다. 그런 의미 없는 말이 얼마나 큰 위로가 되었는지!)를 주문했다.

창밖에는 보얗게 빛을 발하는 듯한 로마의 거리. 가로등 불빛이 소리 없이 돌바닥을 비춘다. 금색과 하양이 기조색인 가게, 날렵하고 기품 있는 의자에 앉아 거울에도 같은 모습이 비치는 이탈리아 사람들의 시끌벅적함과 와인 잔과 식기들이 빚는 소리 속에서 나는 때로 정신이 아득해지곤 했다.

마리코는 이 도시에서 살았다. 언제나 자신이 이탈리아에 있다는 게 왠지 신기하고 또 행복한 기분이었으리라. 유리에 비친 내 얼굴에 마리코의 마음이 겹치는 것을 알 수 있었다.

마테오는 지금은 이렇게 울고 있지만 언젠가 또 다른

누군가와 사랑에 빠질 것이다. 그는 체격이 좋고 웃는 얼굴이 아름다운 청년이었다. 앞으로 시간을 두고서 이 고통을 잊고, 상처를 안고서도 누군가를 사랑하게 될 것이다. 그런 건 잘 안다. 하지만 사람은 앞이 보이는 일도 한껏 경험하는 수밖에 없다.

마리코는 어디로 가 버린 걸까?

마리코의 마지막 남자, 마지막 사랑. 이런 일도 있네. 그에게는 아직 남은 인생이 있다는 것. 그리고 내게도.

마리코는 지금 대체 어디에 있을까?

역사의 무게를 견디고 있는 건물들이 죽 이어지는 이 도시에서는 몸을 지닌 인간만이 사라져 간다. 일본에서는 건물도 사람과 함께 풍화하고 대체되기 때문에 알기 어렵지만, 역사의 무게 한가운데 있다 보면 인간이 허망한 존재라는 당연한 사실을 알게 된다. 세계는 한결 거대하고, 내가 죽으면 내 우주는 끝난다. 다른 여지는 아예 없다.

그렇다는 걸 이토록 아쉽고 허탈하게 여긴 적이 없다. 어린아이처럼 멍하고 있었다. 어디에도 마리코가 없어서 언제나 마음 어딘가로 찾고 있다.

공항에서 호텔로 오고, 방으로 올라와 짐을 가져다준

보이에게 팁을 주고, 그리고 혼자가 되었을 때 비로소 마리코가 없다는 것을 몸으로 실감했다. 일본에 있을 때는 마음속으로 '마리코는 로마에 있다.'라고 생각할 수 있었다. 그런데 로마에 혼자 있자니 마리코를 두 번 다시 만날 수 없다는 걸 알게 되었다. 마리코가 있었다면 호텔을 잡는 일도 혼자 묵는 일도 절대 없었을 테니까.

마테오가 예약해 준, 테르미니 역에서 그리 멀지 않은 호텔의 조그만 창문으로 산타마리아 마조레 대성당과 광장이 잘 보였다. 광장의 탑 꼭대기를 장식한 마리아 상에 비둘기가 앉아 있다. 상징 또 상징. 저무는 빛 속에서 금색으로 빛나는 그 광경은 더없이 평화롭고 기도 그 자체인 것처럼 아름다웠다.

호텔 슬리퍼의 노란색도 너무 상큼하고, 높고 작은 침대에 벌렁 드러누워 혼자 이렇게 멀리까지 오기는 처음이라고 생각했다.

지금까지는 일본과 나를 애타게 그리는 마리코가 집에서 기다리지 못하고 공항으로 마중 나와 주었다.

오늘 늘 나가던 게이트로 나갔지만 마리코는 서 있지 않았다.

와락 재회의 포옹을 하면 그녀에게서 외국 냄새가 화르르 풍겼다. 내 슈트 케이스를 쥐어뜯듯 빼앗아 끌고 씩씩하게 걸으면서, 머무는 중에 뭘 할지 봇물이 터진 듯 즐겁게 얘기하는 마리코.

기억을 떠올리자 무너질 것 같았다. 그러나 울어도 소용없다. 어떻게도 되지 않는다.

마리코는 내 소꿉동무였다. 근처에 살았고, 유치원에서 고등학교까지 같이 다녔다. 거의 매일 만나 노는 사이라기보다 풍경처럼 서로의 인생에 늘 있는 인물이었다. 한동안 못 만나면 불안해지고, 서로의 집에 들러 수다를 떨고, 밥을 먹으러 가기도 했다.

그녀는 2년제 대학을 졸업하자마자 이탈리아로 유학을 떠났고, 일본에 돌아와서는 이탈리아어 강사로 일했다. 그 어학 학원에서 동료로 알게 된 마테오와 사귀면서 일본에서 몇 년을, 마테오가 귀국해서는 장거리 연애, 그리고 로마에서 몇 달을 동거하며 지냈다. 그러다 일본으로 돌아와 다시 일을 시작했는데 결혼 얘기가 나와 로마로 떠났고, 이탈리어를 업그레이드하기 위해 단기 유학을 하고 있었다.

그러던 중에 교통사고로 죽었다.

흔히 있는 이야기, 이 너른 세상에 흔하디 흔한 이야기.

나는 마리코의 어렸을 적 모습을 알고 있다. 호리호리하고 키가 큰 아이였다. 검고 곧은 머리칼, 옆으로 약간 길쭉한 눈, 높은 코. 그녀는 그 모습 그대로 어른이 되었다.

마리코가 오래도록 애용한 백팩이 마리코의 뒷모습과 함께 떠오른다. 노스페이스의 구형 백팩. 중학생 시절 체험 학습 갈 때도 멨더랬나.

마리코의 집에 가면 아직도 마리코 방이 그대로 남아 있고, 책과 가방과 옷가지들이 있다.

마리코만 없다. 기척이 점점 엷어진다.

떨어져 지내는 기간에도 매일처럼 마리코와 연락을 주고받았다.

마리코가 생각나면 바로 문자를 찍는다.

지금 뭐 하고 있으려나? 나는 이러고 있는데.

그 간단한 일이 없어졌을 뿐인데 지금은 하루하루가 잘 돌아가지 않는다.

마테오에게 전해 줄 게 있다는 마리코 어머니의 부탁

으로 유품을 받으러 갔던 날의 일이다.

마테오는 외부모 가정인 마리코의 집에서 한동안 지낸 적이 있어 어머니와 사이가 좋았다. 마리코가 죽었을 때 어머니는 남동생과 함께 시신을 인수하러 로마에 갔다. 그때는 경황이 없어서 유품 정리는 생각도 못 했다. 그래서 시지미가 만약 로마에 간다면 몇 가지 부탁하고 싶은 게 있다고 한 것이다. 사진과 액세서리, 이탈리아에 대해서 쓴 노트 등.

그런 자잘한 물건을 챙겨 놓고 어머니는 목록처럼 일일이 내게 설명하고 확인한 다음 마리코의 에코백에 담고서 말했다.

"시지미, 너도 뭐든 가져가, 추억으로. 유품으로 간직하고 싶은 것도 좋고. 내가 마리코에게 취업 축하로 사 준 루이비통 가방이 있는데, 어때?"

눈물을 뚝뚝 흘리면서 가까스로 버티고 있던 내게 어머니도 계속 울면서 그렇게 말했다. 딸과 같은 나이의 살아 있는 나와 보내는 시간이 어머니에게 얼마나 힘겨울지 나는 이해하고 있었다.

"마리코의 낡은 백팩을 가져도 될까요? 노스페이스의.

중학생 때부터 썼던 검은색 백팩이요."

내가 말했다.

"그걸 왜? 하필 그렇게 다 헤진 걸?"

어머니가 말했다.

"그게 가장 익숙해서요."

내가 말했다. 얼굴을 손으로 뒤덮고. 손가락 사이로 후드득 떨어질 만큼 눈물이 쏟아졌다.

"하야마로 체험 학습 가서 낮은 산에 올랐을 때, 뒤에서 그 백팩을 계속 보면서 걸었어요. 하늘은 파랗고. 다들 웃고 있었어요."

들으면서 어머니도 울었다. 그리고 벽장을 열고 바로 그 백팩을 꺼냈다. 어디 있는지 바로 알아서 과연 엄마라고 생각했다. 떨어져 지내는 일이 많았던 만큼 사이좋은 모녀였다.

마리코의 벽장이 이렇게 깔끔하게 정리되어 있던 적이 없는데, 하고 절절하게 생각했다.

늘 온갖 것들이 대충 적당히 들어차 있었으니까.

이렇게 깔끔하다니, 즉 마리코는 죽었네.

나는 백팩을 꼭 껴안고 또 울었다.

그러자 어머니는 내게서 백팩을 다시 가져가 어리둥절해하는 내가 보는 앞에서 백팩에 루이비통 가방을 꾹꾹 밀어 넣고는, 빨간 눈으로 싱긋 미소 지으며 내게 다시 건넸다. 나도 울다가 한껏 웃었다. 살아 있는 인간끼리의 산 순간. 거기에는 사람과 사람이 미소를 나누는 의미 그 자체가 있었다.

이틀째 아침은 천천히 일어나 호텔에서 아침을 먹지 않고 테르미니 역에 새로 생긴 '로마 중앙시장'이라는 푸드 코트의 고급판 같은 곳에 갔다.

마테오가 오전에 반차를 내어 함께해 주었다.

큰 테이블에 자리 잡고, 검은 트러플을 듬뿍 뿌린 페코리노 치즈와 후추 파스타(이 파스타도 로마의 명물로 카초에 페페라고 한다.)를 느긋하게 먹고, 커다란 병에 든 탄산수를 나눠 마셨다.

마테오는 조각 피자를 먹었다.

다양한 가게가 노점처럼 줄지어 있고, 뭐든 먹고 싶은 것을 사서 플로어에 죽 놓인 테이블의 앉고 싶은 자리에 앉아 먹을 수 있다. 일본 라면 가게도 있고, 스테이크 가게도 있었다. 역시나 로마 명물인 삼각 피자 도우를 토핑으로 채운 피자 전문점도 있고, 바도 있고 한 모퉁이에서는 디저트만 판다. 이름 그대로 진짜 시장처럼 엄청나게 북적거렸다. 사람이 너무 많아서 기분이 풍경에 고스란히 녹아들듯했다.

"마리코도 네가 먹은 트러플 치즈 가게의 카초 에 페페를 무척 좋아했어. 친구는 취향도 비슷하군."

마테오가 말했다.

와글와글 시끄러운 장소에서 큰 테이블에 앉아 있는데도 그의 영어는 알아듣기 쉬웠다. 이탈리아 사람들이 구사하는 영어는 발음이 분명해서 무척 고맙다.

"그렇지? 그럴 줄 알았어. 추도하는 여행이니까 마리코가 먹을 것 같은 음식만 먹자고 생각했거든. 마리코는 언제나 돼지처럼 트러플만 쫓아다녔으니까."

나는 웃었다.

그 말을 듣고 마테오도 진심으로 웃는 표정을 보였다.

낮이라 밝은 기분으로 만날 수 있었다. 마리코가 없는 하루를 피차가 무사히 견뎌 냈다는 기분이었다. 사실은 지금 당장 아주 멀리, 엷어질 수 있는 곳까지 도망쳐 편해지고 싶다. 하지만 날은 하루씩밖에 지나가지 않는다.

내가 마리코의 유품을 들고 일부러 찾아와 마테오를 또다시 슬픈 기억을 되새기는 세계로 돌아가게 한 것은 미안하게 생각하고 있었다.

내게 마리코는 소중한 친구였지만 각기 일본과 이탈리아에서 떨어져 지냈다. 평소에는 마리코가 일본에 없어서, 슬픔이 밀려와 우는 일은 있어도 어쩐지 실감이 안 되었다. 그저 생활 전반이 슬픔의 중저음에 뒤덮이는 정도였다.

그러나 마테오에게 마리코는 앞으로 인생을 깊이 함께할 사람이었다. 그러니 내 슬픔과는 차원이 다른, 훨씬 처절한 아픔을 느끼고 있으리라.

지금은 어쩌다 둘의 감정선이 같은 높이에서 교차할 뿐이다.

그런데도 마테오의 가슴에서 대롱거리는 마리코의 펜던트를 보면 다행이라는 생각이 들었다. 지금 시간 속에서 원래는 일본에 있던 것이 그의 손에 넘겨졌다. 시간은 어김없이 지나고 있다. 앞으로 나아가고 있다, 하는 느낌이었다.

내게 로마는 콜로세움도 포로 로마노도 바티칸도 보

르게세 공원도 아니다. 어디까지나 마리코와 마테오가 함께 산 테르미니 역 주변이다.

"우리 동네에 시지미가 좋아할 만한 마법의 문이 있어. 연금술사였던 사람의 저택 문인데 치안이 좋지 않은 곳이라서 여자 혼자 가기에는 좀. 비토리오 에마누엘레 2세 공원 안에 있는데 진짜 이상해. 이집트 신의 조각도 새겨져 있고. 만든 사람이 문안으로 사라져 없어졌다는 이야기도 있고."

마리코가 그렇게 얘기했던 기억을 떠올렸다. 마테오가 있을 때 같이 가면 될까 싶어서.

마테오에게 물어보니 지금은 공사 중이라서 들어갈 수 없다고 한다. '마리코 숙제' 중에서 가능하지 않은 항목이 하나 남아 실망스러웠지만 언젠가 다시 오고 싶은 희망도 생겼다. 그때는 밝은 기분으로 로마 거리를 거닐 수 있을까.

로마 체류 이틀째인 그날, 마테오와 헤어진 다음 장루카와 식사를 하고 혼자 사는 그의 방에서 그와 잔 것이다.

하지 않아도 좋았을 일인데, 하고 조금 후회했지만 안개처럼 줄곧 나를 뒤덮고 있던 아스라한 우울과 슬픔을 한때 잊을 수 있었던 것은 분명하다.

죽은 친구의 연인이라면 몰라도 죽은 친구의 연인의 친구와 불쑥 자는 일은 웬만한 우연의 고리 없이는 가능하지 않은 일이라고 생각한다.

두 번 다시 만나는 일 없을 이탈리아 남자. 눈이 예뻤다. 사십 대 후반, 금발이 약간 벗어지고 흰머리도 있었다.

장 루카에게 밤에 호텔 로비로 와 달라고 해서 복수라도 하듯 모르가나에 다시 갔다.

내가 가고 싶었다. 정말 멋진 레스토랑인데 마테오와 울기만 하느라 맛을 전혀 느끼지 못했다. 마리코도 좋아했던 레스토랑에서 양요리를 꼭 주문하고 싶었는데.

첫날 밤 돌아갈 때 "맛을 모를 정도로 슬펐어. 내일 다시 오고 싶은데." 하고 말했더니 마테오가 "미안하지만 내일 저녁 때 미팅이 있어서."라고 말하자 이혼남 장 루카가 "그럼 내가 같이 갈게." 하고 말해 주었다. 천사가 그렇게 말해 줘서 기쁘고 또 기분이 풀어졌던 것은 부정할 수 없다.

마리코는 모르가나 얘기를 행복하게 웃으며 몇 번이나 했었다.

뭘 먹어도 맛있다니까, 그래서 기념일에는 거기로 가. 그런 날에는 뭘 먹을지 마테오가 얼마나 심각하게 검토하는지 몰라. 메뉴판 이 끝에서 저 끝까지 다 읽고, 카메리에레에게 묻기도 하고.

마리코의 웃는 얼굴이 선명하게 떠오른다.

장 루카와 내게는 얘기 나눌 추억이 없으니 같이 레스토랑에 가서도 울 일이 없었다. 그것만 해도 고마웠다.

대화는 딱히 무르익지 않았지만 그는 마리코와의 많지 않은 일화를 마음을 담아 얘기해 주었다. 파견 통역을 하는 그의 일을 마테오의 친구를 위해서라면, 하면서 맡아 준 마리코의 융통성. 급한 일이어도 허둥대지 않고 최선을 다해 준 성실함. 마리코의 성실한 성격을 잘 아는 내가 예상하지 못할 일화는 하나도 없어서, 마리코가 죽었다는 사실을 자칫 잊어버릴 만큼 리얼한 모습이 떠올랐다.

나는 이번에야말로 구운 양고기를 주문해 장 루카와 나눠 먹었다. 마리코가 좋아했던 이 가게의 명물, 초콜릿을 듬뿍 끼얹은 판나코타까지 싹 먹었다. 그렇게 나의 '마리코 모르가나 숙제'가 모두 끝나 안도했다.

그리고 가게에서 나와 호텔로 가는 길에 식후주를 한 잔하자는 장 루카의 제안에 자연스럽게 그의 방에 들렀다.

무섭지도 않고 썩 좋지도 않고, 그리고 욕망도 들끓지 않는 그런 섹스였다. 그저 아직 혼자이고 싶지 않았다. 뭐든 따스한 것과 살을 맞대고 있고 싶었다. 우람한 팔, 부숭부숭한 털 같은 것. 그래서 마침 좋았다.

"소중한 친구가 죽어서 정말 유감이야. 그런 때 나와 이렇게 멋진 시간을 보내 줘서 고마워."

섹스가 끝난 후에도 귀찮아하지 않고 호텔까지 걸어서 바래다준 그는 마지막에 그렇게 말하고 나를 꼭 안았다.

달빛이 아름다운 밤길을 이제 성욕도 다해 다만 사람으로서의 배려만 지닌 누군가와 함께 걸어가는 것이 섹스보다 한결 행복했다.

누가 어떤 식으로 위로해 주는 것보다 위로가 되었다.

잘 모르는 사람이라서 더욱이 순수한 인간애 같은 것이 진하게 전해졌다.

사랑하는 것은 아니지만 잠시 욕망을 나눈 그런 거리감이어서 가능했던 배려가.

일본에서는 '남자의 욕망에 답한' 행위가 될 이런 섹스가 이 나라에서는 '힘을 나눈' 행위처럼 느껴진다. 그래서 힘을 잃은 지금의 내게는 구원이었다.

그녀가 단기 유학을 하는 중에 로마에 한번 놀러 가기로 결정하고 체류 일정에 대해 구체적인 얘기를 주고받았었다. 그런데 마리코에게 마지막 받은 메시지는 새로운 사랑에 얽힌 것이었다.

나는 깜짝 놀랐다. 마테오의 부모님을 만나고, 지금 사는 곳에서 이사를 할지 말지를 고민하고, 이탈리아어 실력을 더 다지기 위해 간 거 아니었어?

"약혼을 하려는 참에 새로운 만남이 있었어. 꽤 좋아하는 사람이 생겨서. 일본 사람이야. 하지만 아직 잘 모르겠네, 이 기분이 어떻게 될지. 좀 지켜볼게. 좋아하는 것에도 여러 가지가 있잖아."

이모티콘도 없이 담담하게 쓴 그 말에 나는 깜짝 놀랐다. 이게 그 유명한 매리지 블루인가. 이렇게 안정적인 커플도 있구나, 하고 생각하면서.

"뭐? 정말? 이번에 가면 자세하게 얘기해 줘. 마테오

줄 선물 샀는데 혹시나 그 사람에게 주게 되는 건가? 그래도 상관없지 뭐, 마리코가 선택한 길이라면."

"그럴 일은 없을 거야. 여기서는 겉으로 드러내지 않을 뿐 바람들 많이 피우니까. 마테오도 떨어져 있을 때 무슨 짓을 할지. 그런 걸 노리고 있는 건 아니지만. 일본 사람에 주린 건지도 모르겠네. 온몸에 금색 털이 돋지 않은 남자의 몸이 그립긴 하지만."

"그 경지, 나는 이해가 잘 안 가는데 상상이 안 되는 건 아니야."

"우리 다다음 주면 만나네. 기다리고 있다. 아, 여권 잊지 말고 잘 챙겨."

"여권만 챙겨서 빈손으로 갈게. 마리코, 신중하게, 천천히 잘 생각해! 꼭이다."

"걱정 마. 멍청한 짓 안 해. 잘 생각하고 있어. 다음에 또 얘기하자."

그때가 끝이었다. 몇 번이나 몇 번이나 그 대화를 보았다. 외우다시피 할 정도로. 마리코는 시간 있을 때 느긋하게 소식을 전하려고 했을 것이다. 어떤 사람을 만났고, 어떻게 생각하는지를.

그다음은 마리코가 죽어서 기대에 찼던 내 여행은 연기되었고, 모든 것이 정리되고 난 지금 나는 마리코가 없는 로마를 찾았다.

우리는 아직 삼십 대이고, 이 세상 어디든 갈 수 있을 것 같은 기분으로 지낸다/지냈다.

물론 그렇기는 하지만 지금 있는 장소에 알게 모르게 뿌리를 내렸고, 그 뿌리가 깊이 뻗어 있어 움직이려도 움직이기 어려울 것이라 예상되는 나이이기도 하다.

자리를 옮겨 보고 싶다거나 다른 흙 속에서 어떻게 자라는지 보고 싶어 하는 시기.

돌아보니 여기 있더라, 자유로운 바람을 느끼는 그런 의외의 순간을 가장 좋아하는 나(그러니 장 루카와 자기도 한 것이지만)는 마리코가 이탈리아라는 나라에 인생을 고스란히 먹혀 버려 동요하는 감각을 조금은 이해할 것 같았다.

영원한 개방감과 절대 지워지지 않는 소외감.

일본으로 돌아오면 옷도 향내도 표정도 이제는 죽 일본에서 살던 사람 같지 않다는 것을 마리코 본인도 알았을 것이다.

그리고 일본에서 일자리를 구한다 해도 이탈리아어 강사나 이탈리아 문화회관 직원, 또는 이탈리아 관련 무역 회사…… 그녀의 인생은 그와 인생을 함께했던 일로 상당히 분명하게 정해지고 말았다.

그렇다는 걸 알았던 만큼 잠시 몸을 움직여 보고 싶었을 뿐이라는 건 알고 있었다.

끝내 사흘째 날 아침이 찾아왔다.

로마에서의 마지막 날이었다.

침대에서 메일을 쓰고, 호텔 방의 창문을 열고, 5월 로마의 상쾌한 바람을 맞았다.

나도 일본에서 하는 일이 있다. 영어 회화 학원에서 매니지먼트 일을 한다. 삼 년 전 그 학원을 운영하는 친구의 부탁으로 시작한 일이다. 이번 여행으로 딱 사흘 휴가를 냈다. 내일 아침이면 일본으로 돌아가는 비행기를 탄다.

일요일 아침에 귀국해서 월요일부터는 다시 평소의 생활로 돌아간다. 시차 때문에 멍하게 지내다 점차 적응해 가고, 동시에 마리코가 없는 인생에도 적응해 간다.

이제 내가 할 일은 거의 끝났나? 그렇구나, 허망하네.

이제 마리코에 관련한 작업이 더는 없다. 믿을 수 없었다. 이 여행이 시작되기 전에는 꽤 긴장하고 있었는데 맥이 풀렸다.

마리코와 관련된 일을 아직 끝내고 싶지 않았다.

하지만 이제 내가 해야 할 일은 없고, 애당초 그런 일은 없었는지도 모른다.

그런데도 내 마음이 아직 뭔가가 남아 있다고 소곤대고 있었다. 지금은 그게 뭔지 잘 모르지만 무언가 해야 할 일이.

장 루카와 잤다고 마리코에게 말하고 싶었다. 얘기하면서 웃고 싶다. 한껏 놀림을 받고 싶다. 부끄러워하고 싶다.

뭐라도 좋다, 사소한 것이라도 좋다. 마리코 마음의 진상에 다가가고 싶었다.

마리코는 누구를 좋아했고, 어떻게 그 사람을 포기하고 마테오와 결혼하기로 결정한 것일까.

그 상황을 내게 뭐라고 전하고 싶었을까.

그런 일을 안다고 뭐가 어떻게 되는 것은 아니고, 마리코가 돌아오는 것도 아니다. 무언가를 안들 그 진상은 평생 들을 수 없다. 내 억측에 지나지 않는다. 내 안의 마리코 외에는 이제 마리코가 없으니까.

그래도 그녀가 내게 하고 싶었던 나머지 얘기를 듣고 싶었다.

신이여, 부디 마리코를 만나게 해 주세요. 만날 수 없다는 것은 알아요. 하지만 마리코 마음이 어떻게 움직였는지 그 진실을 제게 전해 주세요. 어떤 기적으로. 아주 작은 기적이라도 좋아요.

나는 일단 옷을 갈아입고 호텔을 나와 바로 앞에 있는 산타마리아 마조레 대성당에서 그렇게 기도했다.

조사해 보니 4대 대성당의 하나라고 하고, 열광적인 신자와 사자를 거느렸던 고대의 여신 키벨레 신전 자리에 세워졌다고 한다. 그리고 교황이 꿈에서 마리아에게 한여름에 눈이 내리는 장소에 성당을 지으라는 계시를 받았는데, 바로 이곳에 한여름인데도 눈이 내려 지었다고 하지 않는가. 기적을 기대하기에 딱 맞는 장소다.

대리석 기둥 옆을 지나고, 모자이크화를 바라보고, 베르니니의 무덤 앞에서 두 손 모아 머리 숙이고, 성모 마리아에게 기도를 올렸다. 믿는 종교는 없지만 그 자리에서 할 수 있는 모든 것을 해 보았다.

온 마음을 다해 기도했더니 머릿속에서 화면이 쓱 흐르듯, 바닷속에서 거품이 올라오듯 마리코와 함께했던 한 광경이 떠올랐다.

“이 가게 커피가 제일 좋아. 이 가게도 진짜 좋아하고. 언제나 손님이 북적거리고 활기가 있어서 있기만 해도 기운을 얻을 수 있어. 근처에 오면 일부러 꼭 들러.”

마리코가 에스프레소 잔을 한 손에 들고 그렇게 말한…… 여신 같은 그림이 걸려 있던…… 그 가게, 어디였더라?

같이 판테온에 갔을 때였지, 하고 기억이 떠올랐다.

맞네, 그 에스프레소를 마시러 가자. 마리코가 좋아했던 가게에 가자.

할 일이 생기자 갑자기 마음에 빛이 비친 듯한 느낌에 나는 성당에서 나왔다.

조금 전에 무덤까지 보고 왔으니 보고 가자는 생각에, 나보나 광장 근처의 카페에서 베르니니의 조각이 있는 분수를 바라보면서 트러플 모양의 진한 초콜릿인 타르투포를 마치 관광객인 것처럼 열심히 먹었다. 마리코가 좋아했던 트러플의 연장이니 덤으로 따라온 숙제를 하는 기분으로.

광장에는 왜 이렇게 사람이 많을까 할 정도로 다양한 나라의 관광객이 들끓어, 거대하고 박력 있는 4대 강의 화신마저 복작복작 인파에 섞여 조금 큰 인간에 지나지 않는 것처럼 별거 아니게 보였다. 분수 한가운데에 솟은 오벨리스크도 투어 가이드가 들고 있는 깃발 같았다.

인파를 헤치며 부지런히 걸어 장엄한 판테온을 새삼스레 엿본 다음 가고 싶었던 산루이지 데이 프란체시 성당에 가서 카라바조의 그림을 보았다.

마리코와 같이 봤을 때는 걷다 지쳐 빨리 카페에 가고 싶은 마음에 옆에서 슬쩍 보고만, 성 마태를 그린 연작의 암울한 매력이 지금의 내 마음에는 강렬하게 깊이 스며들었다.

"그러니까 마테오라는 이름은 성 마태에서 따온 거네."

마리코가 그림을 바라보면서 그렇게 말했던 기억이 선명하다.

세리였던 마태가 그리스도에게 소환되는 장면, 복음서를 위해 천사와 나누는 대화, 생생한 순교의 장면, 마치 영상처럼 움직임이 있는데 천사조차도 어두운 배경 속에 살아 있어 불가사의한 그림이었다. 이번 내 여행 기분에는 그 어둠 속의 천사가 너무도 잘 어울렸다. 성당 한가운데에 서서 시간마저 잊고 한참을 바라보았다. 어두운 마음을 치유하는 어두운 예술의 강력한 힘으로부터 정말 위로받은 느낌이었다.

나는 이 그림처럼 오랜 시간을 살 수는 없다. 그래도 아직 여행 중에 있고, 인생이란 절대 밝은 것이 아니다. 오히려 어두운 기운을 지니고 가시밭길을 걸어가는 것이다, 그것은 좋은 일이며, 그것으로 족하다고 성 마태의 표정을 보며 절감했다.

천사의 옷은 마치 바람처럼 휘몰아치고 손가락의 형태도 아름다웠다. 밝게 표현된 성 마태의 맨발은 어두운 그림에 생명력을 더하고 있었다.

사실 이 그림에는 다른 버전이 있는데 2차 세계 대전 당시 소실되었다고 한다. 사진으로 본 그 그림의 천사 분위기도 놀라우리만큼 생생했다고 기억한다. 성 마태는 다리가 거의 드러나 있고, 천사는 그에게 기대다시피 하고 있었다. 인간미가 넘치는 묘사에 놀랐었다. 카라바조는 무슨 생각을 했을지, 정말 대단한 재능이라고 새삼스럽게 깨달았다. 마음이 약해졌을 때 좋은 유일한 점은 이런 걸 잘 깨닫는다는 것이다.

그곳에서 곧바른 길을 쭉 걸어 타차도로 카페에 도착했다. 가게 간판에도 있는 커피의 여신이 금색으로 그려진 컵을 보고서 틀림없다고, 마리코가 데려왔던 곳이 여기라고 안도했다.

그날처럼 갈색 설탕이 듬뿍 든 더블 에스프레스를 마시면서 가게 인테리어의 과도하지 않고 중후한 아름다움과 장식으로 놓인 여신상의 섬세함에 넋을 잃고 있으려니 누가 불쑥 말을 걸었다.

"시지미 씨? 시지미 씨 맞죠? 와, 정말? 진짜?"

목덜미도 몸통도 가녀리고, 검은 티셔츠에 아마도 유니클로의 일자 데님일 바지를 입은 예쁘장한 일본인 청년이었다.

"그쪽은…… 누구시죠?"

내가 물었다. 이탈리아 관련해서 아는 사람의 얼굴을 열심히 나열해 보았지만 아무도 해당되지 않았다.

"혹시 마리코의 친구? 그? 최근에 만난?"

그는 고개를 단호히 끄덕이고는 에스프레소를 주문하고 카운터의 내 옆자리에 앉았다.

마음이 감동으로 떨려 왔다. 만났다, 이 사람을 만났어.

그사이에도 가게 아저씨들은 자랑스럽게, 기계보다 훨씬 기계처럼 음료를 만들었다. 카운터 위에 줄지은 접시, 컵이 부딪치는 기분 좋은 소리. 쉴 새 없이 뽑아내는 에스프레소. 잔에 쌓이는 팁. 예쁘게 진열된 과자. 수많은 사람이 카운터에 기대어 에스프레스를 단숨에 마시고는 사라진다. 얼마나 좋은 속도감인지 모르겠다. 사람이 일하면서 내는 소리는 듣기 좋다.

"그래요. 마지막 이 주일, 마리코, 내 집에 있었어요. 아, 안심하시죠. 저는 게이입니다. 내 연인이 마침 그때 출장으로 헬싱키에 가서 집 나온 그녀를 우리 집에 재워 줬어요."

그가 말했다. 갸름한 눈, 옆으로 가른 검은 머리. 외국에서 인기 많지 싶은 인상이었다. 그리고 마리코와도 어딘가 닮았다. 마리코의 친동생 이상으로.

"어라? 마리코가 당신을 사랑한 게 아니었나요?"

내가 물었다.

“절대, 절대 그런 일 없어요.”

그가 웃었다. 그리고 휴대전화를 꺼내서 사진을 찾아 보여 주었다.

“마리코가 요리할 때 사진.”

마리코가 그와 볼을 맞대고 싱글거리면서 접시에 담긴 주먹밥을 이쪽으로 보이게 찍은 셀카였다. 까만 김이 반짝거린다.

“봐요, 맞죠? 괜찮으면 우리 집에 가지 않을래요? 건네고 싶은 것도 있는데. 내 연인은 일 때문에 밤에나 돌아오니까 나밖에 없어요. 안전은 보장합니다.”

몸을 약간 꿈틀거리며 말하는 그가 귀여워서,

“갈게요. 얘기도 듣고 싶고.”

하고 나는 몸을 던졌다.

그가 미소를 띠고 말했다. 갑자기 친근한 말투로.

“나, 지금 EATALY에 장 보러 가는데 같이 가지? 우리 집에서 간단히 점심을 만들어 먹어도 좋고. 시지미 씨도 선물 안 샀으면 마침 쇼핑하기 좋은 곳이고. 몇 시까지 시간 있어? 저쪽에 차 세워 두었는데.”

모르는 사람의 차에 탄다, 하고 생각하면서도 따라가

기로 했다. 이 만남은 우연이 아니라는 확신이 있었다.

마테오와 마지막 디너를 갖기로 한 시간은 밤 8시. 시간적으로 별문제 없을 것이다.

"저녁때 일단 호텔로 돌아가고 싶은데 방향 감각이 없어서. 데려다 주든지 택시 불러 줄 수 있을까?"

내가 물었다.

"그럼, 물론이지. 보나마나 그 가게 가면 시지미 씨도 짐이 잔뜩 생길 테니까."

그가 말했다.

"혹시 이름 물어봐도 될까?"

"나? 나는 겐이치. 호소다 겐이치. 사진작가고, 주로 패션 잡지 일을 합니다."

방긋 웃으며 그가 대답했다.

내게 성적 관심을 조금도 보이지 않는 사람 특유의 편함과 일본어로 대화할 수 있는 편함이 나를 푸근하게 감쌌다. 얼마나 긴장하고 있었는지 처음 알았다.

마리코의 마지막 생각에 한 걸음 다가섰다.

겐이치의 조그만 피아트를 타고 EATALY로 갔다.

4층짜리 반짝거리는 건물 안이 전부 잡화와 화장품과 식자재와 요리책과 와인과 조리 도구로 가득한, 꿈같은 공간이었다.

나는 로마에 와서 처음으로 나를 잊고 반짝거리는 기분으로 일단 겐이치와 헤어져 혼자 움직이면서 선물을 마구 사 담았다. 신기한 파스타와 냄비 집게와 갖가지 초콜릿, 소금, 비누. 마리코도 무척 좋아했을 것이라고 생각한다. 만약 둘이 여기 왔다면 다섯 시간은 있었겠지, 하고 마음속으로 마리코에게 말했다.

아직 금요일 오후인데 온 로마 사람들이 다 모인 게 아닐까 싶을 만큼 북적거렸다. 일본에서도 휴일의 대형 고급 슈퍼마켓에서 흔히 보는 광경이다. 그날 하루 식품과 조미료를 음미하면서 단조로운 생활에 양념을 치는 장소.

주말을 향해 준비하고 싶은 마음은 어느 나라에서나 마찬가지다. 갓 수확한 채소를 고르고, 크래프트 맥주를 시음해 보고는 마음에 드는 것을 고루 사고, 시간이 걸리는 육류 요리를 위해 고기를 고르고.

소금과 병에 든 트러플, 꿀, 파스타는 몇십 종류나 되고, 와인은 말할 것도 없었다. 국내외산 각종 와인이 거의 한 층은 차지하지 않나 싶을 정도로 즐비했다.

겐이치와 만나기로 한 장소에 갔을 때, 나는 다리는 아팠지만 기운은 넘쳤다. 정신없이 식자재와 잡화를 고르는 일상적인 시간을 보내고, 여기서 사 간 것으로 음식을 만들어 가족에게 나누는 상상을 하며 이 여행에서 처음 즐거운 앞날을 그릴 수 있었다.

겐이치는,

"무얼 먹고 싶은지 묻는 걸 깜박해서 내 마음대로 샀는데."

"물론 맡길게요. 그런데 저기 저 거대한 카초카발로. 맛있겠다. 유제품은 가져갈 수 없어서 아쉽네."

내가 말했다. 마치 오래전부터 그를 알아 왔던 것처럼 들떠서 조잘대며.

"그럼 저것도 사지 뭐."

그가 미소 지었다.

"일단 로마 하면 꼽는 가운데 구멍 뚫린 부카티니 파스타랑 제일 강추하는 브랜드의 아마토리차나 소스와 와인은 샀으니까. 아, 너를 호텔에 차로 데려다줘야 하니까 나는 물론 안 마실 거야. 안심해. 그럼 저 카초카발로 치즈랑 곁들일 신선한 채소 사러 갔다 올게. 너는 입구 근처에 있는 카페에서 뭐 마시면서 기다리고 있어. 그 커다란 짐을 보니까 같이 가자는 말을 못 하겠네."

그리고 그는 경쾌하게 걸어가 엘리베이터를 타고 사라졌다.

마리코가 그를 만나 일본말로 얘기할 수 있어서, 이탈리아에서 만난 일본 사람이라서가 아니라 인간으로서 친구가 될 수 있는 사람과 보내는 시간을 얼마나 좋아했을지. 이 일로 한층 더 깊게 이해할 수 있었다. 마리코가 가까이에 있다, 그녀가 죽은 후로 처음 그렇게 실감했다.

겐이치의 집이 엘리베이터가 없는 3층에, 일본으로 치면 4층에 있어 내 짐은 그대로 차에 두고 겐이치가 산 것만 나눠 들고 계단을 올라갔다.

문을 열자 휑하게 넓은 스튜디오 같은 공간이 있었다. 커다란 창문 밖으로 로마 거리가 파노라마처럼 펼쳐졌다. 4층이라 그리 높지는 않아서 건물에 손이 닿을 듯한 현장감이 있었다.

"내 연인은 인테리어 제품 회사의 디자이너라서 이것

저것 가져오는 게 많거든. 그래서 아무튼 공간이 필요했어. 둘 다 일이 무척 바빠. 나는 말단이고, 그가 꽤 벌기 때문에 이렇게 넓은 곳에서 살 수 있지만."

돈은 그렇게 들이지 않은 것 같은데 물건이 적으면서 잘 정돈되어 있는 감각적인 생활상이었다.

"천장이 높아서 시원하네. 창고 같아."

내가 올려다보며 말했다. 모던한 디자인의 샹들리에가 새하얀 천장 높은 곳에서 조그맣게 빛났다.

"여기 전망도 좋고, 심플하고 좋지. 계단이 힘들고, 냉난방비가 옥에 티."

그렇게 말하고 겐이치가 창문을 열었다.

도시의 소리가 바람을 타고 흘러든다. 차 소리, 멀리서 공사하는 소리.

이 사람은 이렇게나 일본인인데 마음은 이탈리아인이겠지, 하고 생각했다. 그래도 일본말로 얘기할 수 있는 이 거리감이 고마웠다. 그는 마리코와 똑같다. 이미 어느 나라 사람도 아니다. 그렇기에 마리코는 운명의 만남이라고 여겼으리라. 연애 감정은 아니지만 보다 깊은 것이라고. 그치, 그치 하고 거듭 말하는 마리코 목소리가 들리는 듯했다.

돕겠다고 했지만 그냥 파스타를 삶기만 하면 된다고 그가 거절해서, 경치를 보듯 바라만 보았다. 그는 요리 솜씨가 좋았다.

기다리는 동안 벽 여기저기를 장식한 그의 사진을 찬찬히 보았다. 전부 풍경 사진이었지만 흔한 풍경이 아니라 주로 지방의 벼랑과 거기에 서 있는 성당이었다. 꽤 잘 찍은 사진이 많아 재능이 있네, 하고 생각했다.

완성된 부카티니 파스타는 아닌 게 아니라 가운데 구멍이 뚫린 굵은 면이라 아마토리차나 소스와 잘 어우러졌다. 소금에 절인 돼지 턱살인 관찰레를 잘게 썰어 볶은 것도 들어 있어 맛있었다.

그리고 두툼하게 썰어 살짝 구운 노릇한 카초카발로가 얼마나 맛있는지 참을 수가 없어 와인을 한껏 마셨다. 얇게 썰어 곁들인 허브 채소 피노키오는 신선하고, 치즈를 찍어 먹는 벌꿀도 향긋하고 멋진 맛이었다.

겐이치는 라임즙을 짜서 섞은 탄산수를 마시고 차가운 치즈를 손으로 집어 먹으면서 말했다.

"괜찮아, 나는 낮에는 안 마시니까."

로마 거리를 바라보면서 커다란 소파에 앉아 마시는 화이트 와인의 맛은 최고였다.

마리코는 내게 이 상황 전부를 전하지 못해 몹시 껄끄러웠으리라.

하지만 지금 모든 것이 풀렸다.

마리코가 지났던 길을 더듬으면서 감정을 이해해 내 기분도 이제야 진정되었다. 겐이치가 나를 완전히 헤어나게 한 것이다.

그러나 그를 만난 우연, 아니 작은 기적의 이유에는 아직 덤이 남아 있었다.

"그럼 본론에 들어갈게."

그렇게 말하면서 겐이치가 일어섰다. 식사를 마치고 에스프레소를 마시면서 내가 산 초콜릿을 같이 먹고 있을 때였다.

"보여 주고 싶은 게 있어. 그리고 꼭 건네고 싶었던 것도. 시지미 씨와 약혼자인 마테오 씨와 마리코의 유족에게. 그래서 디스크를 세 장 만들었지. 이렇게 만난 건 기적이라고 생각해. 그건 마리코의 부탁으로 내가 놀이 삼아 만든 마리코의 애니메이션. 마테오 씨에게 주려던 화해의 선물이었어. 사실은 화해를 하면서 그녀가 직접 건네려던 건데 내 일의 마감 일정과 겹쳐서 편집이 늦어진 와중에 마리코가 죽었어. 연락이 안 돼서 안절부절못하고 있던 차에 지인을 통해서 마리코가 죽었다는 소식을 들었을 때는 너무 미안해서 미칠 것 같았어. 사람들을 통해 알아보면 마테오 씨에게 어떻게든 건넬 수 있었겠지. 그런데 마리코가 죽은 바로 다음에 이걸 보여 주는 건 너무 가혹하겠다는 생각에 기회만 기다렸어. 지금이 바로 그 기회야. 이렇게 기적처럼 찾아오다니."

겐이치는 그렇게 말하면서 내가 앉아 있는 곳에 맥북을 펼쳤다.

그리고 파일을 열었다.

눈앞에서 선으로 그려진 마리코(눈이 커다랗고 검은 머리가 곧바라서 이내 알았다.)의 애니메이션이 재생되었다.

더빙된 마리코의 목소리가 갑자기 흘러나왔다.

아아, 마리코 목소리! 그립네! 하고 나는 생각했다.

앞으로 평생 마리코와 얘기할 수 없다니 도무지 어쩌면 좋을지 모르겠다. 그 정도로 귀에 익은 목소리였다. 피리 소리 같고, 새 소리 같은, 높고 맑은 그녀만의 목소리.

일본말로 얘기하는 마리코 밑에 이탈리어로 자막이 달려 있었다.

"나는 일본이 그리웠어. 이제 일본에서 살 수 없다고 생각하니까 더더욱."

캐릭터가 된 마리코가 말했다. 마리코의 머리 위에 일본 음식이 죽 나열된다. 편의점에서 장을 보는 마리코. 고타쓰에 들어간 마리코.

보고 있으려니 그만 눈물이 흐르고 웃음이 터졌다.

애니메이션 속에서는 살아 있는 버추얼 선(線) 인간 마리코.

"주먹밥, 다시마, 명란젓. 우동, 컵라면, 편의점 초콜릿. 된장국. 친절하고 꼼꼼한 표시. 잘 구비된 인프라. 가게 사람이 고객에게 마지막까지 세심하게 대응해 주는 점. 그리고 일본 할머니와 할아버지의 느긋한 걸음걸이. 번거로운 규칙과 아담하고 동그란 산. 고타쓰와 귤. 일본 만화 영화와 드라마. 시대가 달라졌으니까 만화 영화나 드라마는 이제 곧 어디서든 볼 수 있게 되겠지. 그건 다행."

겐이치와 함께 길을 걸어가는 마리코. 어린아이처럼

손을 잡고.

“나는 겐이치와 친구가 되었으니까 가끔가다 일본이 그리워지면 겐이치네 집에 오려고 해. 질투하려나, 마테오. 하지만 겐이치는 나의 일본. 아무도 빼앗을 수 없는 이 기분.”

비행기에 탄 마리코.

“여기서 산다는 건 엄마가 병을 앓게 되어도 자주 만날 수 없다는 뜻이잖아. 그게 정말 슬퍼. 그래도 저금해 놓으면 가령 아이가 있어도 만나러 갈 수 있을 거야. 긍정적으로 생각해야지.”

마테오(마리코가 사진을 보여 주었는지 특징을 무척 잘 잡아냈다.)를 꼭 껴안고 무수한 허그를 보내는 선 인간 마리코. 갓난아기를 껴안은 마리코. 현실에서는 이루지 못한 금발의 아기.

“이렇게 여유를 갖고 생각해 보니까 앞으로의 인생에 마테오가 없는 일 자체가 있을 수 없네. 그는 나의 소중한 곰. 그의 어머니도 아버지도 너무 좋아하고. 내가 다른 나라 사람이라 잘 몰라서 친절할 수도 있겠지만!”

마테오의 부모님과 갓난아기와 함께 테이블을 둘러싼

마리코. 이루지 못한 마리코의 꿈.

"그러니까 겐이치를 너무너무 좋아하지만 이성으로서가 아니야. 겐이치. 착각하지 마. 검은 머리, 가녀린 관절, 복숭아뼈 모양, 털이 돋지 않은 팔. 그런 것들이 조금 그리웠을 뿐이니까. 그리고, 알아. 내 그리운 일본은 지금의 일본이 아니라 내가 어렸을 적 일본. 그러니까 그곳은 이미 이 세상에 없어. 집 앞의 예쁘고 낡은 서양식 집도 철거되어 그 자리에 새 집이 들어섰고."

로마 거리를 바람처럼 뛰어가는 마리코.

"나는 로마가 정말 좋아. 특히 5월의 로마. 여기서 살 수 있어서 행복하고. 만약 일본에 돌아가면 로마가 그리워서 머리가 이상해질걸. 건물 사이로 보이는 콜로세움은 볼 때마다 황홀하고."

선 인간 마리코 뒤에 선묘로 그려진 콜로세움과 보르게세 공원, 바티칸, 스페인 광장이 흐른다.

"이제 마테오에게 돌아갈게. 티아모, 마테오. 의심하지 마. 겐이치는 여자에게 관심이 없고, 시청에서 보란 듯이 결혼한 파트너도 있으니까."

선으로 그려진 마리코가 더듬더듬 움직이면서 마테오

에게 키스를 날렸다.

그리고 화면이 사라졌다.

겐이치가 울고 있는 내 어깨를 다정하게 톡톡 치고는 DVD 세 장을 주었다.

“시지미 씨에게 부탁할게. 마리코와 내가 아는 일본사람들은 마테오 씨와 친하지 않고, 마테오 씨는 내가 어떤 사람인지 모르잖아. 아주 민감한 문제라서 부탁할 사람을 고르고 있었어. 그런데 설마 이렇게 시지미 씨를 만나게 될 줄이야. 마리코랑은 그녀의 단골 미장원에서 우연히 만났어. 일본인이 스타일리스트로 있는 곳인데 친구인 점장의 부탁으로 카운터에서 알바를 하던 날 만났으니까 인간관계에 전혀 접점이 없었어.”

그가 말했다.

“겐이치 씨, 너는 신이 보낸 사람이야. 정말.”

“너도 그래. 조금 일찍 저쪽으로 가게 된 좋은 사람을 위해 천사들이 암약한 거지. 천사가 아니라 오르페우스 오페라에 등장하는 뱃사공 같은 것일 수도 있고. 죽음을 결정적으로 고정해 버리는 슬픔만 가득한 일일지도. 하지만 사람에게는 그런 일이 필요해, 반드시.”

그가 말했다.

"하느님도 염라대왕도 도저히 마리코를 죽지 않게 할 수 없었던 걸까. 마리코, 그렇게 좋은 사람이었는데. 열심히 살아왔는데."

내가 말했다.

"그거 하나만은 아무도 할 수 없는 일이겠지. 그러니까 아직 살아 있는 우리는 먹고, 마시고, 영화를 보고, 작품을 만들고, 다투기도 하고, 예쁜 것과 더러운 것을 보고 감상을 품고. 슬퍼도 이렇게 의미 있는 행동을 하고."

예쁘장한 옆얼굴로 겐이치는 말했다.

그 말은 묘하게 내 마음 속 깊이 스며들었다. 밝은 빛이 서쪽으로 기울면서 책꽂이에 진열된 사진집과 꽃병의 꽃을 아름답게 비췄다.

마리코가 여기서 느낀 이 편안함을 마테오와 마리코 가족에게 전할 수 있다.

그런 일을 또 하나 맡아 슬픔을 이겨 낸다.

"시지미, 왜 내 친구랑 잔 거야. 대체 왜 온 건지."

그렇게 말하면서도 마테오는 낄낄 웃었다. 오랜만에

진짜 웃는 그를 보았다. 웃음거리를 제공할 수 있어서 그거 하나로도 다행이라고 생각했다. 나도 내가 한 일을 두고 마리코를 대신해 마테오가 웃어 주어 후련했다. 하루하루 그가 자연스럽게 웃을 수 있는 시간이 길어지리라. 그것은 좋은 일. 이 사람들은 정말 그런 일에 구애받지 않는다. 어떤 의미에서 섹스에 무게를 두지 않는 점, 일본과는 다르다.

"역시 들켰네! 부끄럽게. 나, 평소에는 절대 그런 짓 안 하는데, 그날 마리코가 없는 로마가 따분하고, 외롭고, 혼자 있지 못할 기분이어서. 미안, 미안해. 장 루카도 그건 알고 있었어. 분명하게 말했고, 다시 만날 일도 없으니까. 잘 전해 줘."

내가 말했다.

"혹시 상대가 나였어도 괜찮았다는 말이야?"

마테오가 말했다. 아주 조금, 1밀리미터만큼 눈빛이 진지해서, 아, 여자로 산다는 게 이런 거겠지 하고 나는 마치 남 일처럼 생각했다.

"아니, 절대 그럴 일 없어. 마리코가 떠올라서 슬퍼지기만 할 테니까."

나는 웃었다.

"나도."

그렇게 말하는 마테오의 웃는 얼굴도 여유롭게 풀어졌다. 그 순간 우리는 순수한 친구로 다시 돌아갔다. 이제 저녁을 같이 먹고 와인을 마셔도 안심할 수 있다.

"시지미가 묵고 있는 호텔에서 그리 멀지 않은 캐주얼한 가게에서 고기나 먹을까 싶어 예약해 놓았어. 마리코도 좋아했던 가게야. 메뉴판의 디자인이 멋지다고 사진까지 찍고 말이야. 로마에서의 마지막 밤이군. 내일 아침 공항까지 데려다주지 못해서 미안해. 일이 있어서."

"고마워. 내일은 택시를 예약해 놓아서 괜찮아."

내가 말했다.

돌바닥을 걸을 때만 느낄 수 있는 딱딱함을 발바닥으로 단단히 음미하면서.

나는 어쩌면 두 번 다시 이곳에 오지 않을지도 모른다고 생각하면서. 적어도 친구가 살고 있어 '다시 올 게 뻔하지.' 하는 느긋한 기분으로는 걸을 수 없었다.

이 나라에서는 밤 8시에 문을 닫는다고 하면 7시 45분에는 가게 문 닫을 준비를 한다는 뜻이다. 그래서 문을 닫으려 천천히 준비하는 거의 모든 가게를 구경하면서 걸었다. 윈도의 불을 끄고, 밖에 내놓았던 것들을 안으로 들여놓고. 그 광경에 여행 끝의 기분이 겹쳐졌다.

그걸 보면 마테오는 한층 슬퍼하리라. 하지만 슬픔이 전부는 아닐 것이라고 생각한다. 평생 남을 마리코의 모습으로 수수께끼와 질투가 사라지고 애틋한 그리움으로만 기억에 새겨지는 멋진 변화를 도울 수 있다.

나는 마리코를 위해, 그 영상을 마테오에게 전달하기 위해 여기 온 것이리라.

로마의 신이여, 감사합니다.

신의 배려를 느끼고 하늘을 올려다보았다. 신을 접할 수 있는 장소가 많은 이 도시에서.

물론 알고 있었다. 나는 여기에 마리코를 잃어 상처 입은 나 자신을 위해 왔을 뿐.

그러나 이렇게 왔기에 내 안에 사는 마리코의 영혼까지 치유한다.

"마리코와 나, 일 끝나고 돌아오는 길에 여기서 자주 만났어. 한잔하면서 기다리다 유리창 너머로 상대를 발견하면 서로가 손을 흔들었고."

도착한 곳은 전체적으로 검고 바 카운터가 한가운데에 있는, 캐주얼한 분위기의 창작 요리 가게였다. 이름이 색다르다고 생각했다.

"카론테? 황천의 뱃사공 이름이네."

그 단어를 검색하면서 나는 말했다. 지금 막 들은 단어. 우연이라 여겨지지 않는 배려는 내 행동이 틀리지 않았다는 증거라는 느낌이 들었다.

"마리코의 유품을 들고 와 준 시지미의 마지막 밤에 어울리는 이름이지."

마테오가 웃었다.

카론테는 갈빗살로 유명한 와인 바 같은 가게였다. 과연 마리코가 좋아할 만한 세련된 디자인의 스트리트풍 메뉴판에는 들어 본 적도 없는 창작 요리 이름이 열거되어 있었다. 우리는 와인 한 병과 채소 프리토와 메인 디시로 갈빗살 바비큐를 주문했다. 그리고 마테오에게 바로 보여 주기 위해 파일로도 받은 마리코 애니메이션을 내 아이폰으로 같이 보았다.

그는 버추얼 마리코를 보고는 나처럼 매혹되어 울고 웃었다. 그리고 다 보고 났을 때, 얼굴이 선명하고 밝게 빛났다. 그 빛이 어두운 가게 안을 비추는 듯했다. 마리코의 목소리와 모습이 그의 마음에 가라앉은 앙금을 깨끗이 싹 씻어 내고, 거푸 마음을 공격하던 어둠 같은 것을 완전히 걷어 낸 것이다.

"고마워, 시지미. 겐이치라는 사람에게도 메일로 고맙다고 인사할게. 고마워. 시지미가 없어도 언젠가는 사람을 통해 겐이치를 찾아내 이걸 보게 되었을 거야. 그런데 지금 시지미가 겨우 사흘 머무는 동안에 이걸 내게 가져다준 걸 보고 마리코의 의지를 강하게 느꼈어."

그가 말했다.

"고작 사흘이었지만 온 보람이 있었다고, 마리코는 그 혼의 흔적을 우리 생명에도 미치고 있다고 생각하게 되었어. 그리고 신과 우주와 작은 기적을 믿는 마음이 마리코 죽음의 부조리함에서 나를 조금은 구원해 주었어."

나는 말했다. 마테오의 손을 잡고서.

돌아가는 길, 우리는 후련한 기분이었다.

한때의 후련함일 뿐 또다시 슬픔이 묵직하게 몰려오리란 것을 나는 알고 있었다. 하지만 이 한때야말로 생명을 잇는 소중한 수분이다.

걸어가면서 나는 말했다.

"돌아가기 전에 새 이탈리아어 한 개만 배우고 싶어."

마테오는 순간적으로 고민하고는 말했다.

"로마 에 에테르나. 로마는 영원하다."

"아무리 그래도 그렇지, 좀 더 길어도 되는데."

내가 말했다.

"자, 그럼 네가 EATALY에서 사다 준 티셔츠에 찍힌 글자."

마테오는 마리코가 있던 시절처럼 명랑하고 자연스럽게 낄낄 웃었다. 그렇다, 여러 가지 맛있는 걸 사 준 보답으로 나는 마테오에게 티셔츠를 선물했다.

"띠아모 뚜티 콘타디니. 우리는 모두 농민입니다."

"뭐? 그런 의미였어? 디자인이 시크해서 좀 더 멋진 말이 쓰여 있는 줄 알았는데. 그 말은 기억해도 쓸 기회가 별로 없겠는데. 언젠가 다시 로마에 오더라도 말이야."

나는 웃었다.

마테오와 볼을 맞대고 인사의 입맞춤을 나누고, 서로를 꼭 안고 마지막 포옹을 하고 호텔 앞에서 헤어졌다.

마테오의 등이 거리 속으로 사라져 간다.

딱 한 번 돌아보고 그가 손을 흔들었다. 그의 등. 마리코의 인생에서 가장 중요한 광경의 하나. 눈에 새겨 두자고 생각했다. 돌바닥의 세계로 점차 사라지는 그의 뒷모습을.

나는 이제 두 번 다시 마테오를 만나지 않으리라.

만에 하나 어떤 인연으로 다시 만났다 해도 그때 마테오 옆에는 마리코가 아닌 여자가 있으리라. 지금처럼 같은 슬픔을 안고 만나는 일은 두 번 다시 없다. 그것은 좋은 일일 텐데 가슴이 찡하게 메어 왔다.

방으로 돌아오니 이제 눈에 익은 산타마리아 마조레 대성당 광장에 선 마리아의 탑이 보였다.

"마리아 님, 감사합니다, 여행이 끝났어요."

그렇게 중얼거려 보았다. 밤이라 비둘기는 없다. 가로등 아래를 아직도 드문드문 사람이 걸어가고 있다.

내 샛노란 슬리퍼가 강아지처럼 착실하게 침대 옆에서 기다리고 있었다.

나는 남편에게 전화를 걸었다. 시차를 고려하면 아직

자고 있을 테지만. 거는 것으로 족했다. 외로워서 미칠 것만 같았다. 이렇게 평화로운 세계에서 혼자 혼란에 빠져 멍청하게. 나는 비둘기와 마리아가 바로 옆에 있다고 생각하면서도, 내 작은 생명력과 온갖 시대의 로마 역사가 중첩된 깊은 밤의 뾰족하게 치솟은 날카로운 어둠에 금방이라도 삼켜지고 말듯했다.

샤워를 하고 눈을 꼭 감고 있으면 아침이 오니까 견뎌낼 수 있을 텐데도.

"그쪽은 밤이야?"

남편의 태평한 목소리가 불쑥 들렸다. 내가 없는 동안 좋아하는 라면을 마음껏 먹었는지 기분이 좋았다.

"깨어 있었어?"

나는 놀라서 물었다.

"그냥 눈이 떠져서 청소하고 있었어."

남편이 말했다.

"일찍 일어났네. 여긴 밤이야. 내일 아침 비행기 타."

눈물을 훌쩍이며 나는 말했다. 집 안에서 나는 소리가 들린다. 아무것도 전해지지 않아도 괜찮다, 슬픔은 나만의 것이다. 하지만 일본의 지금과 이어져서 마음이 한 걸 놓였다. 내가 이렇게나 편해졌다는 걸 그는 생각지도 못하리라. 그래서 더욱 마음이 편했다.

"토라 볼래?"

그가 그렇게 말하고 영상 통화로 전환했다.

우리가 키우는 고양이가 방을 가로질러 갔다. 우아한 사자처럼.

"토라 만지고 싶다."

내가 말했다. 눈물이 그치지 않았다.

"……그러니까 내가 말했잖아. 보나마나 슬퍼질 곳에 혼자 갔으니 슬퍼지는 게 당연하지."

그가 말했다.

"정말 당신 말이 옳았어. 겁이 날 정도로. 누구를 만나 얘기해도 마리코는 없지, 외톨이여서. 물론 모두 다 잘해 줬어. 그래도 마리코가 없는 로마는 처음이라서. 있을 수 없는 일이라서."

나는 눈물을 흘리면서, 그러나 담담하게 말했다.

"그거야 누구도 어떻게 할 수 없는 일이니까. 정말 좋은 일 했어. 필요한 임무였다고 생각해. 그러니까 빨리 돌아와, 기다리고 있다냥."

그는 고양이를 안아 올리고 손을 흔드는 포즈를 취하게 했다.

그리고 고양이를 살며시 바닥에 내려놓았다. 절대 툭 떨어뜨리지 않는다. 그는 그런 사람이었다.

처음 그를 소개했을 때 마리코는 "착한 사람이네." 하고 말했다. 게다가 자기 세계가 있고 마음이 자유로운 사람이라고. 그때 옆얼굴이 머리칼에 가려 표정이 보이지 않은 탓에 나는 살짝 들여다보았다. 마리코는 어린아이처럼 방긋 웃고 있었다. 그래서 그와 결혼해도 괜찮겠다고 생각했다. 판단을 그렇게나 신뢰할 수 있는 사람을 잃었으니 앞으로는 무슨 일이든 혼자 생각하고 결정해야 한다.

"시지미가 죽은 게 아니야. 시지미는 앞으로도 살아갈 거야. 여러 사람을 만나고. 혹시 우리 아기도 만나게 될지 모르잖아. 마리코 씨를 잊을 필요는 없어. 하지만 매듭지어질 날은 반드시 찾아와. 슬픔이 옅어지는 건 자연스러운 일이야. 지금은 정말 슬퍼할 수밖에 없는 때니까 그저 견디는 길밖에 없지."

그가 말했다.

그렇구나, 내가 죽은 게 아니었어. 좀 놀라면서 그렇게 생각했다. 친구의 죽음만 생각하느라 까맣게 잊고 있었다. 하지만 내 일부는 마리코와 함께 여실히 죽었다. 그리고 유령이 되어서 마리코를 찾아 영원히 이 도시를 헤매 다니리라. 이 도시의 밤에는 오랜 역사가 낳은 그런 투명한 유령이 빽빽하게 차 있는 듯했다.

내 나머지 부분은 내일 비행기를 타고 일본으로 돌아간다. 그리고 다시 살아간다. 세포가 분열되어 새로운 피부를 만들듯이 '지금'이 늘어 간다. '지금'이 점점 갱신된다. 그것은 자연스러운 일, 우주의 섭리. 언젠가 내가 사라질 때까지 끊임없는 변화의 흐름. 살아 있는 사람을 치유하고, 죽은 사람을 하늘과 땅으로 돌려보내는 절대적인 법칙. 가령 기술의 힘으로 어느 정도 불로불사가 실현되더라도 한없이 0에 가까워질 뿐 없어지는 일은 절대 없는 진실.

"고마워, 내일 봐."

내가 말했다.

검은 막이 사라진 것처럼 고독이 사라졌다. 마음은 벌써 일본을 향하고 있었다. 어둠의 축제는 끝났다.

"잘 자고."

그가 말했다.

우리 집 새벽녘의 맑은 공기. 빛이 비치는 거실의 하얀색. 새가 지저귀기 시작하고, 창문으로 보일 아파트 안뜰의 녹음이 아침 햇살을 받아 일제히 반짝거리는 풍경. 모든 것이 싱그러운 향이 풍기듯 기억 속에서 피어오른다.

이렇게 먼 곳에 있는데 온 세상에서 가장 가까운 장소. 세상에서 가장 사랑하는 나의 그 장소를 생각했다.

어둡고 좁은 길을 더듬는 저 세상 여행은 끝났다. 나는 내 세계로 돌아왔다. 하지만 저 세상이어도 좋았다, 마리코가 거기에 있다면. 그 모습을 좇을 수 있다면.

## 산호 반지

내 가운뎃 손가락에서 늘 빛나는 산호 반지는 엄마의 유품이다.

감각이 좋았던 엄마는 할머니의 유품인 산호 반지를 지인의 공방에 가져가 당신 스스로 고안한 디자인으로 새롭게 만들었다.

18금과 타원형 산호로 된, 얼핏 봐도 고리타분해서 오키나와 국제 거리의 햇볕에 그은 윈도 안에 몇십 년이나 마냥 진열되어 있었을 법한 디자인이었던 할머니 시대의 그 반지는 엄마의 감각으로 모던하게 재탄생했다.

엄마가 보여 준 순간 놀랐던 기억이 있다.

타원형 산호 주위에 자잘한 다이아몬드가 동그랗게 박혀 있어 조금은 UFO 같은 느낌이었다.

"와, 엄마, 진짜 멋지다. 같은 반지 같지 않아. 할머니한테는 예전 디자인이 더 어울렸지만."

내가 말했다.

"엄마가 죽을 때는 너에게 줄게."

엄마가 웃었다.

설마 그 말이 현실이 될 줄이야.

오래도록 도예를 해 온 엄마의 손가락은 흙을 빚었던 터라 상당히 투박하고 굵었다. 엄마와 같은 손가락에 끼고 싶었지만 내게는 좀 커서 역시 엄마에게 물려받은 아빠와 엄마의 결혼반지, 가늘고 작은 다이아몬드가 박힌 조금 사이즈가 작은 것을 겹쳐 껴서 잃어버리지 않게 했다.

"너와 결혼한 기억은 없는데."

집에 가면 아버지가 웃으면서 그렇게 말한다.

"약지가 아닌데 뭐."

나도 웃는다.

불단에서는 엄마의 사진이 웃는다.

밤새워 포장한 도기를 납품하고 돌아오는 길에 거미막 하출혈로 가드레일에 부딪치다니 정말 바보 같은 엄마.

아빠와 이런 대화를 할 때마다 처음에는 손을 마주 잡고 울었는데 최근에는 웃으면서 끝낼 수 있게 되었다. 세월이 우리를 그렇게 만들어 주었다.

할머니, 그러니까 엄마의 엄마가 돌아가셨을 때 우리 가족은 아빠의 전근으로 홍콩에 살았다.

아빠의 회사에서 빌려준 아파트는 계단도 높고 층수도 높은데 정작 집은 작아 가족 셋이 들러붙듯이 지냈다.

당시 중학생이던 나는 신기한 일만 많았던 아빠의 주재 기간 동안 좋은 추억밖에 없다.

보통 일 때문에 현지에서 생활하는 가족은 같이 사는 도우미를 고용하기 마련인데 몸을 움직이기 좋아하는 엄마는 이 작은 집에서 타인과 살기 싫다며 당신 손으로 집안일을 다 했다. 아파트 안에서 도무지 사모님으로 보이지 않는 지나치게 캐주얼한 차림으로 지낸 탓에 종종 도우미로 오인받아 웃기도 했다

우리가 살던 지역은 온통 언덕길이라 다들 에스컬레

이터를 이용하며 어떻게든 걸어서 오르지 않게 이동했다. 집에서 가장 가까운 슈퍼마켓에 가려고 해도 엄청나게 긴 계단을 두 번이나 오르내려야 해서 내 장딴지는 완전 굵어지고 말았다.

물가가 비싸서 싼 마켓까지 일부러 찾아다니고, 생선을 통째로 사 와 집에서 손질하고, 닭의 어딘지 모를 부위를 사 와서는 그럭저럭 요리하고, 언제나 시끌벅적하고 즐겁게 엄마를 도왔다.

할머니는 투병 끝에 의외로 순식간에 돌아가셨다. 장례식 때문에 일시적으로 귀국했다가 나를 내버려둘 수 없어 바로 홍콩으로 돌아가야 했던 엄마에게 할아버지가 일단 이거라도, 하면서 그 반지를 주셨다고 한다. 할머니가 돌아가셨을 때도 끼고 있던 반지.

외동딸이었던 엄마는 그 후에 내가 혼자서도 생활할 수 있도록 꼼꼼히 준비를 해 놓고 다시 귀국해서 한동안 보험 서류며 상속 관련해서 할아버지를 거들었다.

할아버지와 할머니가 생활하던 집은 그리 크지 않았는데 할아버지가 혼자 사는 데 이렇게 넓은 집은 필요 없다고, 추억도 많아 괴롭다고 해서 팔기로 하고 역 반대쪽에 작은 방을 빌렸다. 이사할 때쯤까지 거들다 엄마는 홍콩으로 돌아왔다.

얼마가 지난 어느 날 늘 호방한 엄마가 전화를 받으면서

"아니 어떻게."

하고는 눈물을 흘렸다.

나는 깜짝 놀라서 다가갔다.

"하지만 뭐 이제 어쩔 수 없지. 알았어, 아빠. 괜찮아 괜찮아."

엄마가 말했다.

전화를 끊고서도 엄마는 한참이나 울었다.

"왜 그래?"

내가 물었다. 엄마는 눈물 젖은 목소리로,

"설에 다시 돌아가서 할머니 방을 천천히 정리하려고 했는데, 할아버지가 빨리 팔려고 엄마한테 아무 말 없이 집을 철거하고 땅을 고르기까지 했대. 유품은 일부는 업자를 불러서 처분하고, 팔기도 하고. 할머니 유품이 전부 없어졌어. 돈 될 만한 것은 하나도 지니지 않는 검소한 사람이었으니까 아까워서, 그런 의미에서 우는 게 아니야.

엄마 손으로 추억을 더듬으면서 천천히 하고 싶었어. 그런데 이렇게 외국에 살고 있으니 어쩔 수 없지. 할아버지는 할머니 물건은 뭘 봐도 견디기 힘들었을 테고, 그렇게 생각하는 사람도 있으니까."

하고 말했다 .

"기억은 사라지지 않아."

내가 말했다.

나도 물론 하는 일이 있다. 편집 일을 하고 있다.

바쁠 때는 집에 늦게 들어가기도 하고, 일로 인한 교제도 있다.

혼자 사는 방도 절대 깔끔하게 정돈되어 있다고 할 수 없다.

그러나 엄마가 돌아가셨을 때 몇 번이나 떠오른 것은 그 "아니, 어떻게."라는 말의 울림이었다.

어쩌면 엄마의 서운하고 아쉬웠던 기억까지 한꺼번에 위로할 수 있지 않을까? 그런 가능성을 생각해 내고는 "아니 잠깐, 나도 그렇게 한가롭지 않잖아." 하고 중얼거리기는 했지만 정년퇴직을 해서 일주일에 이틀만 일하러 나가는 아빠, 외롭게 혼자 사는 아빠에게도 좋은 일이 아닐까? 하고 생각한 내 계획은 일이 비교적 덜한 수요일 밤에는 집에 가서 아빠와 식사를 하고, 엄마 방과 부엌에서 엄마가 남기고 간 물건을 하나하나 정리하는 것이었다.

기모노는 팔고, 내가 입을 만한 것은 물려받고, 낡은 옷은 치마나 가방으로 리메이크했다. 엄마가 스스로 디자인해서 산호 반지에 새 생명을 주었듯이 새롭게 태어나게 한 것이다. 엄마가 만든 그릇은 깔끔하게 분류해서 부엌 선반에 수납했다. 지금까지 엄마 아빠가 사용했던 그렇고 그런 식기는 인터넷 중고 시장에 올려 팔거나 바자에 내놓았다. 앞으로는 엄마가 만든 그릇으로 밥을 먹자고 아빠에게 제안했다. 아빠는 식기세척기에 넣을 수 없어 귀찮다고 불만스러운 투였지만 나는 고집스럽게 강행했다. 몇 가지는 내 작은 원룸에 가져가 소중하게 사용하기로 했다.

학생 시절부터 사귄 연인과는 수요일에 만날 수 없어 조금 이색해졌고, 밀린 일을 주말까지 해야 하니 잠이 부족했고, 몸은 여기저기 아팠고, 무엇보다 엄마 냄새가 나는 갖가지에 에워싸여 아무리 흘려도 눈물이 멈추지 않았다. 안 그래도 일 때문에 피곤한데 더 피곤해지고 슬퍼질 걸 알면서 왜 굳이 그렇게 하느냐고 동료들에게 싫은 소리도 들었다.

하지만 나는 묵묵히, 그야말로 불도저처럼 행동했다.

엄마의 벽장에는 엄마가 가장 좋아했던 원피스 한 벌만 소중하게 남겨 두었다.

주얼리류는 몇 가지는 내가 갖고, 나머지는 엄마 친구들을 한 분 한 분 만나 엄마의 추억담을 얘기하면서, 그리고 매번 울면서 건넸다.

그리고 마침내 엄마 방이 그 원피스 같은 몇 가지 추억의 물건만 남고 깔끔해졌을 때, 그러기까지 이 년이 걸렸지만 내 안에 무언가 단단한 감각이 남았다.

그때 엄마가 하지 못한, 시간을 건강하게 보냈다는 감각이었다.

지금도 나는 이 주일에 한 번은 꼭 아빠와 식사를 같이 한다. 아빠가 먹을 만한 반찬을 만들어, 엄마가 살아 계실 때와 똑같이 식탁에 마주 앉아, 엄마가 만든 그릇으로.

습관이 되어 제일 좋은지도 모른다.

요즘은 연인도 친구도 회사 동료도 "아, 오늘은 집에 가는 날이지." 하는 식이다.

물론 현대 사회에서 일하는 나, 절대 느긋하게 굴지 않으니까 좋은 일만 있는 것은 아니다. 그러나 시간을 조금은 느긋하게 보내는 소중한 마법을 엄마에게 물려받은 듯한 기분이다.

언젠가는 아빠도 떠날 것이다. 나도 물론 언제까지나 이 세상에 사는 것은 아니다.

하지만 소중하게 여기던 것을 남기고, 그것을 새로운 방식으로 사용하고, 생명이 다할 때까지 그 맥이 이어지고. 어쩌면 그 일부를 내 아이나, 또 그 아이가 사용하고. 내게 아이가 없더라도 필요로 하는 누군가가 사용하고.

되살릴 수 없으리만큼 망가지거나 썩을 때까지 정성껏 손질해서 그 사람 생활의 일부가 되고.

시간을 그렇게 사용하는 법을 사람도 사물도 되찾을 수 있다면 몸에 맞는 이 건강한 기분이 내 주위에 차오를 듯한 그런 이미지가 있다.

엄마의 유품을 정리하고, 울고 또 울고, 이상한 것(징그럽거나 그런 게 아니라 정체를 알 수 없는 인형이나 아빠가 아닌 사람에게 받은 옛날 러브 레터, 책 사이에 끼워놓고 잊어버렸을 비상금 같은)도 많이 찾아내서 하나하나 정리하고, 식기 선반 위에 방치된 무거운 주물냄비를 바자에 내놓으려고 닦으면서 또 울고, 갖가지 옷에 구멍 뚫린 곳은 없는지, 얼룩은 없는지 체크하고. 그런 일을 하는 사이에 나도 모르게 사용하고 난 가위를 아무 데나 던져 놓거나 빨래집게에서 옷을 잡아당겨 걷지 않게 되었다. 실수로 컵이나 접시를 깨뜨리는 일도 줄었다. 그런 자신을 깨닫고 미소 짓곤 한다.

그런 때 언제나 떠오르는 것은 중학생 때 엄마와 손잡고 언덕 위에서 거리를 내려다보았던 추억. 반짝반짝 빛나는 다른 나라의 거리, 읽지 못하는 간판의 물결 속 엄마의 따뜻한 손에서 산호 반지가 살며시 빛나던 장면이었다.

## 나사케시마

기분이 좋을 때는 친구 둘과 같은 지붕 아래 살 수 있다니 이 무슨 행복이람! 하고 절실하게 생각한다.

이렇게 행복한 인생은 없다고, 이만큼 자유로울 수는 없다고.

경제적인 균형감도 완벽해서 어쩌면 퍼즐이 이렇게 딱 맞춰졌을까, 하고.

그러나 이건 아니라고 생각할 때, 예를 들어 만사가 잘 풀리지 않은 하루의 끄트머리에 함께 식사를 하다가, 어쩌다 둘의 대화에 끼어들 수 없어 명랑한 척하면서도 혼자 터벅터벅 내 방으로 돌아갈 때는 필요 이상 고독을 느낀다. 내 인생 망했네, 왜 이런 미궁으로 빠져들었을까 하고 생각한다.

사람의 기분이란 그런 것이다. 진실은 언제나 머릿속에 없다.

모든 진실은 흐르고 흘러서 부딪친 상황 속에만 존재한다.

친구 하루오는 부모가 남긴 몇 군데 아파트와 건물을 관리하는 소위 집주인이다.

게이인 그와는 고등학생 시절부터 줄곧 사이가 좋았다.

그의 외모는 이른바 프레디 계열. 그러나 고등학생 때는 좀 더 몸이 가냘픈 미소년이었다.

그래서 지금도 프레디의 이면에 미소년이 보인다. 눈이 동글동글하고 입술이 도톰한 그 시절의 하루오가.

나는 물론 그를 사랑하지는 않았지만 서로 팬티까지 빌려 입을 정도의 친숙함이 너무 편해서, 게다가 남자와 함께 지낸다는 아련한 성적 만족감도 충분히 채워지기 때문에 이대로 계속 같이 생활하다 각자 다른 사람과 사랑하게 되면 최고가 아닐까 하고 생각한 적도 자주 있었다.

그러나 아무리 사이가 좋아도 어차피 인간끼리, 피차 싫은 구석은 당연히 있기 마련이니 룸메이트가 되는 건, 발이 넓어 모였다 하면 이내 파티가 되고 마는 그의 생활상 속에 들어가는 건 조용히 지내고 싶은 나로서는 사실 무리였다.

내게 무언가가 모자란 것이리라. 딱히 상관없다. 낫지 않을 테니까.

물론 여자를 좋아하는 것도 게이를 좋아하는 것도 아니다. 몇 년에 한 번은 연인이 생긴다.

열렬한 연애도 번듯하게 하고 있다. 하지만 슬그머니 꽁무니를 빼게 된다.

어쩔 수 없이, 이제 슬슬 헤어지는 게 좋으려나 하는 말을 꺼내는 쪽은 나, 상대는 그 말을 기다리는 상태, 언제나 그런 식이다.

예전에 아르바이트를 했던 부동산의 권유로 부동산 중개업 자격증을 딴 덕에 나는 하루오가 오로지 자기 물건을 관리하기 위해 운영하는 소규모 부동산 회사에서 사장으로 일하고 있다. 어떤 의미로는 '이 인생, 정말 친한 하루오 하나 있으면 족하다.' 하는 고등학교 시절의 꿈이 이루어졌다고 할지(꿈이었나?) 다음 세상에서도 함께하기를 원하는 부부 같은 꼴을 하고 있다.

아소코보다 신뢰할 수 있는 사람이 없는데 어떡해, 하고 그는 말한다.

아소코라니, 그렇게 부르는 것도 참.

내 이름은 사토 아소미. 부모님이 신혼여행으로 아소에 갔다가 소철에 매료되었다는 허접한 명분으로 지은 이름인데 하루오는 고등학교 때부터 나를 줄곧 아소코라고 불렀다. 사람들 앞이건 어디건.

사무실에서야 체면이 있으니 "사토 씨."라고 부르지만.

언제나 옆에 있는 약간 털이 많은 팔, 운전할 때 나누는 수다, 저녁밥을 같이 먹자는데 "안 내켜." 하고 아무렇지 않게 대충 하는 거절.

하루오가 없는 인생은 이제 생각할 수 없다.

딱히 베스트는 아니다. 하지만 이미 거기에 있다.

움직이기 어려운 산처럼. 유유히 흐르는 강물처럼.

가령 펫숍에 가서 마음에 드는 강아지를 데려왔다고 치자. 한동안 지내다 보니 생각했던 것보다 못생겼다고 이상적인 강아지가 아닌 것 같다고. 그렇다고 그 강아지를 교환하러 가는 사람이 있을까? 있기도 하겠지만 나와는 무관한 삶의 양식이다.

그 강아지의 못남이 이미 무엇과도 바꿀 수 없는 것이 되었다. 그것 없는 인생이 자유롭고 좋다고 생각되지 않는다. 인정이란 그런 것이다.

내 인생에서 하루오는 그런 인물이었다.

그쪽도 그렇게 여기리라. 마음이 너무 잘 맞아 떼려야 뗄 수 없는 인연이라고.

요시토는 하루오의 파트너다. 그들은 삼 년 전부터 같이 살고 있다.

처음 한동안은 그들 사이가 너무 뜨거워 보는 앞에서도 시작하는 터라 개그처럼 자리를 뜨기 바쁘고, '오래 알고 지냈다고 뭐.' 하는 식으로 요시토의 견제가 심해서 힘들었는데, 그러다 내게 야심이 없다는 걸 이해한 요시토가 나를 친구로 좋아하게 되었다.

요시토는 나와 하루오보다 일곱 살 아래로 하루오가 사는 펜트하우스(라고 부르지만 하루오는 세 들어 사는 사람보다 좋은 집에 사는 건 좋지 않다는 생각이라 1층에 있다. 펜트하우스도 뭣도 아니지만, 그런 사고는 그의 아주 신뢰할 수 있는 부분이다.)에 같이 살고 있다.

그들이 사는 장소는 회사 사무실 공간과 이어져 있기 때문에 1층 거의 전부가 그들의 집이고, 그 한 귀퉁이가 내 직장인 셈이다. 하루오의 사무실 일은 결혼했을 당시부터 아르바이트로 하고 있었고 나중에 정식으로 취직, 직장과 주거가 최단 거리가 되었다.

나는 돌아온 싱글이고, 이혼한 다음 친가로 들어가지 않고 그 아파트 2층의 빈방으로 헐값에 들어왔다.

헐값을 보충하기 위해 사무실과 복도와 사무실 현관 청소를 내가 하고 있다.

내가 이혼한 이유는 남편에게 좋은 사람이 생겼고, 그 좋아하는 사람에게 아이가 생겼기 때문이다.

나는 정말 둔해서 그런 어마어마한 일이 진행 중인 줄 전혀 알아채지 못했다.

그런 내게도 잘못은 있다고 생각한다.

일이 끝난 다음 무심히 하루오의 방에 들러 한잔하거나 수다를 떨다 보면, 어, 내가 왜 돌아가야 하지, 어디로 돌아가야 하더라 하고 어리둥절해졌고.

내가 세탁한 속옷과 양말, 세탁소에 보냈던(다림질을 했다고 하고 싶지만 하지 않았으니 그럴 수 없다. 다림질이 되어 돌아온 옷을 보고 어라? 내가 세탁소에 보냈었나 할 정도로 얼빠진) 와이셔츠를 입고 그는 다른 여자와 레스토랑에 가고 섹스도 했던 것이다.

헤어질 결정적인 구실을 찾으려고 아이까지 만들었다.

내 남편이었던 사람은 마음 약한 면이 있으니까 아이라도 갖지 않는 한 영원히 어정쩡한 상황을 질질 끌어갔을 것이다. 나 역시 '뭐, 어때.' 하고 생각했을지도 모른다. 남편과는 마음이 잘 맞았고, 친구 같은 사이였다. 태어나서 처음 오래 지속될지도 모른다고 생각했던 사람이었다. 그래서, 아, 그러세요. 그럼 잘 사귀세요, 했을지도 모른다.

"아, 젊은 아이지?"

내가 말했다. 어째 최근 들어 음악 취향이 젊어졌네 하고 생각했기 때문에.

충격이지만 괜찮아. 계속 사귀어. 하지만 당신 옷 빨래는 이제 하고 싶지 않네, 하고 솔직하게, 그리고 관대하게 말했다.

아니 그게, 사귀면 그만인 게 아니라서. 아이가 생겨서. 이것저것 빨리 결정하지 않으면.

하고 남편이었던 사람이 말했다.

아이라고, 그럼 어쩔 수 없네. 그래도 돈은 당분간 줘야 돼.

내가 말했다.

또 똑같은 패턴의 함정에 빠지고 말았다. 내가 헤어지자는 말을 꺼내기를 상대가 기다리는 그 전설의 패턴.

그는 야금야금 짐을 정리했다. 당신도 나가야 돼, 해약해서 월말까지 이 집 비워야 하거든, 하고 그는 말했다. 전문가인 내게 부동산 계약에 대해 그런 설명을 하는 거야? 아직 여유 있다는 거 다 알아. 혹시 둘이 여기 살 작정인가?

하고 말했더니 정곡을 찔렀는지 그는 아무 말이 없었다.

둘이 문을 열고 들어와, 처음 불을 켜고, 현관에 이름을 써 붙인(어째 잘 아는 글귀인데, 실제로 그랬으니까.) 집인데 이미 결정된 일인 것처럼 그는 그렇게 말했다. 당연한 일이듯 둘이서 같이 신발을 벗고, 윗도리를 같은 소파에 걸쳐 놓고, 서로에게 차를 따라 주는 일. 인간 생활의 소소한 모든 것. 그런 일이 얼마나 행복한지 비로소 알았다.

그가 다달이 10만 엔을 오 년 동안 입금한다는 약속을 지키고 있어 나는 언젠가 내 돈으로 살 곳을 찾기 위해 착실하게 그 돈을 모으고 있다.

"살 곳을 찾아야 하는데 다니기 쉽게 하루오 사무실 근처로 할까 해."

짐도 어언 다 싼 내가 사무실 근처의 선술집에서 하루오에게 말했더니,

아소코, 그냥 우리 집에 살아, 괜찮아, 하고 하루오가 말했다. 그들이 막 서로를 알게 되었을 뿐 동거를 시작하기 전이었다.

싫어, 게이 파티도 많을 것 같고, 음악도 시끄럽고, 밤에도 여러 가지로 격렬할 텐데 뭐. 나 코피 터지면 어쩌라고, 하고 나는 말했다.

아니, 2층 한가운데 방이 비어 있어. 그 방에 얼마든지 있어도 좋아. 평생 있어도 상관없고. 하루오가 말했다.

그때 처음 눈물이 흘렀다.

좋아한다고, 있어도 괜찮다고 여겨지고 있다. 그래서 기뻤다.

가장 상처 받은 일은 '가능하면 그냥 없어져 주면 좋겠는데.' 하고 여겨졌다는 것, 남편과 그녀 둘에게 줄곧. 내가 태평하게 지내는 내내 그 은밀한 바람이 밀어내기 게임처럼 동그라미 밖으로 밀려날 때까지 나를 강하게 밀쳐 내고 있었다는 걸 알아차리지 못했다는 것.

달리 좋아하는 사람이 생겼어도 사람으로서 있고 싶은 만큼 있게는 해 줘도 되잖아. 조금은 망설이고 고민하고 그러자고. 나와 사는 한편으로 그녀와 사귀면서 자기 마음을 지켜보는 정도의 배려는 있을 줄 알았다고.

그렇게 생각하고 나는 하루오의 우람한 팔 안에서 엉엉 울었다.

"아소코 너, 어딘가 좀 이상해. 상대도 네가 자기를 좋아하는 건지 의문이지 않았을까. 나만 해도 그런데. 고등학교 때도 그래. 내일 내가 없어져도 이 아이는 그 상황을 순식간에 받아들일 거라고 생각했는걸 뭐. 지금은 정이 많은 사람이라고 생각하지만. 그래도 왜 그런지 이 사람은 언제든 편하게 헤어져 줄 거라는 생각이 들게 한다니까. 가슴이 크고 상큼하게 생겨서 처음에는 좀 다른 차분한 타입으로 여겨지는데. 눈썹이 가늘고 여덟팔 자(八)라서 그런 거 아니야? 좀 더 온후한 모양으로 다시 그리지 그래?"

"쓸데없는 간섭 마."

내가 말했다.

"사람으로는 귀여운 데가 있는데 말이지. 아이를 갖겠다는 불륜 상대의 끈기와 각오는 역시 이기지 못하지."

하루오가 한숨을 쉬었다.

"사랑은 전쟁이 아니야. 사랑은 빼앗는 것도 아니고. 그냥 거기 있는 거라고."

내가 말했다.

"그래 그래. 한동안 좀 쉬어. 그런 걸 알아주는 사람이 이 세상에 하나 정도는 있으니까. 이 가혹한 세상에서 아직 그런 말을 하는 사람이."

하루오가 그렇게 말했지만 조금도 위로가 되지 않았다.

나는 겁이 날 정도로 미련 없이 결혼생활을 마무리

했다.

오히려 그런 일이 실제로 있었나 싶게 꿈속의 일만 같았다.

어차피 이유가 그렇다 보니 그쪽 부모나 우리 쪽 부모나 조금도 나를 힐난하지 않았다. 그쪽 부모님은 돈까지 주었다. 몇 번이나 거절하고 돌아왔더니 다다음 날 계좌로 입금되었다. 뭘 더 어찌하랴 싶어 하루오와 요시토와 비싼 스테이크를 먹으러 갔다.

내가 좋아하는 것만 가져오면 되는(약이 올라서 녹슨 빨래 건조대와 낡은 냉장고 등은 그냥 두고 나왔다.) 이사도 즐거웠고, 혼자 사는 데 바로 근처에 친구와 친구의 연인이 살고 있어 최고였다. 거의 노인 요양원 같은 곳이지 않은가.

이렇게 인생이 결정되었네, 하고 생각했다. 남은 것은 이 상태를 최대한 연장하는 것. 어떤 계기가 생기고, 살고 싶은 곳을 찾을 때까지는.

그렇게 생각하고 계속 연장하고 있다.

두 사람에게 식사 초대를 받으면 뭐라도 들고 가고 먹고 난 그릇을 치우는 등 거리감에 주의하고 있지만, 편의

점 과자는 잘 먹지 않고 접시가 지노리 브랜드이곤 해서 어렵다. 그들은 접시를 건조하는 방법에도 까다롭다.

그래도 시어머니에 비하면 편하다. 파란색 접시에 나물은 안 어울리지 않냐, 라고요? 여긴 우리 집이라고요, 내가 하고 싶은 대로 담겠다고요, 하는 말이 몇 번이나 입에서 튀어나올 뻔했던가. 가슴이 두드러지는 옷은 좀 참지 그러니? 하는 말에도 짜증이 났다.

자유는 어렵다.

아이를 갖고 싶은 마음이 없지는 않았지만 나는 남자 조카도 여자 조카도 있다. 그들에게 도움 되는 삶을 사는 것도 나쁘지 않고, 오늘날 일본 상황에서 아이를 낳으면 경제적으로 빠듯하다.

……그런 생각을 하는 것 자체가 한가로워서다.

생기는 건 순간이고, 낳을 때는 어쩔 수 없으니 뭐가 어찌 되었든 낳을 테고.

아무튼 지금은 하루오에게 집세를 조금이라도 낼 수 있게 절약하고 있는데 언제까지 계속할 수 있을지 일일이 생각하면 암울해진다. 뭐 돈 있는 남자가 생겨서 그쪽 집으로 옮겨 갈 가능성도 없지는 않으니.

그렇게 생각하고 비교적 즐겁게 지내고 있다.

그래서 아무 일도 일어나지 않는다.

갈등도 없고, 고민도 없다.

이런 사람이 의외로 많을 것이라고 생각한다.

그러다 인류의 삶과 죽음의 어둠 속으로 사라져 간다.

그것은 예쁘게 피었다가 떨어지는 꽃처럼 아름다운 일이다.

어쩌면 가장 행복한 유형의 인생일지도 모른다. 그런 인생의 밝음을 허물없이 그린 이야기가 너무 적은 게 아닐까. 모두가 어떤 벽에 부딪치고, 이겨 내고, 이루어 내고, 그래서 완급이 있어 좋다는 얘기뿐이다. 천국에는 아무 문제가 없어 심심하니까 지상에 태어나 배우는 것이라는 말까지 하는 사람이 있는데 그럴 리 없다. 머리가 나쁜 나도 그 정도는 안다. 진화한 인류 또는 천국의 인류는 문젯거리가 없고 봄바람이 불어 좋다고, 이렇게 사는 편이 좋다고, 틀림없이 그렇게 생각할 것이다.

요시토의 고향집이 있는 하치조섬에 같이 가자고 제안한 사람은 요시토였다.

요시토는 마당에 텃밭을 일궈 토마토와 가지와 여주를 키우고 있을 정도로 부지런한 사람이다. 그가 텃밭 빈틈에 키워 준 덕분에 나는 신선초를 알았다.

살짝 데쳐 양념장에 무치고, 튀기고, 볶고. 강하고 쑥쑥 자라고 맛있고 영양도 많은 신선초를 나는 좋아하게 되었다.

"알아? 『기적의 들풀 신선초』라는 책이 있는데. 나, 주문할까나!"

어느 아침 내가 그렇게 말했더니

"같이 가지 않을래? 카무플라주!"

하고 요시토가 말했다.

요시토는 눈과 눈이 많이 떨어져 있지만 긴 속눈썹이 차밍해서 좋아한다. 키가 2미터 가까이 되는 것도 멋지다.

하루오는 세 들어 사는 할머니를 위해 슈퍼에 장을 보러 가 집에 없었다.

나는 하루오가 만들어 놓고 간 완벽한 초록색 신선초 무침을 먹고 있었다.

신선초무침과 토스트와 커피.

이상한 조합의 메뉴지만 맛있었다. 올리브 오일이 살

짝 들어가 있어 만든 사람의 고민이 느껴진다.

"대답이 아니잖아. 무슨 얘기인지 모르겠고."

내가 말했다.

"하루오랑 둘이 가서 부모님을 만나면 이것저것 의심하고 캐물을 테니까."

"아, 그런 말이었구나. 좋아. 가고 싶어. 신선초의 섬."

그들이 8월에 하치조섬에 간다고 해서 나는 집을 지키며 청소나 하겠다고 했었다.

투명한 그릇에 담긴 신선초가 반들반들 빛나면서 잘 됐다고 꼭 오라고 말하는 듯한 기분에 나는 참가를 결정했다.

"뭐야 이거, 하와이잖아. 수국 외에는 전부."

도착하자 내 입에서 나온 첫말은 그랬다.

약간 눅눅하고 따끈한 바람, 야자나무, 거뭇거뭇한 흙과 누런 흙.

지리에 익숙한 요시토가 운전하는 차에(친구에게 빌린) 탔다. 어디를 보나 바다였다.

그리고 신선초가 사방에 깜짝 놀라리만큼 많이 돋아

있었다. 정말 풍요로운 곳이라고 생각했다.

우선 요시토의 고향집을 찾아가 왠지 키가 그리 크지 않은 아버지와 어머니를 만났다.

몇 채 건너에 산다는 요시토의 형은 공사장에 일하러 가고 없어서 만나지 못했다.

어머니와 요시토가 나란히 서자 어른과 아이 같아 보였다.

햇볕에 그은 아버지는 체구가 단단했다.

"이쪽은 저와 같이 사는 친구, 부동산 회사를 운영하고 있습니다. 이쪽은 그의 비서분이고요."

요시토는 우리를 그렇게 소개했다.

틀린 말은 아니지만 전부 다른 그 소개에 싱긋거리며 고개를 끄덕이고, 요시토가 태어나고 자란 단층집(태풍이 심해서 이 섬의 집은 기본적으로 단층이다.) 툇마루에서 어머니가 대접해 주는 차를 마시고, 도쿄에서 가져온 선물을 드리고, 줄곧 긴장해서 식은땀을 흘리는 하루오를 바라보고.

마당에 있는 조그만 텃밭의 느낌이 도쿄에 있는 텃밭과 비슷했다. 사이사이에 돋은 신선초의 느낌도.

역시 그들의 아들이네 요시토는, 하고 생각했다.

아버지는 섬 요리를 제공하는 가게의 요리사라서 관광객이 많을 때는 몹시 바쁘다는, 그런 얘기를 해 주셨다.

차도 다 마셨고, 마침 요시토 동창에게 전화가 걸려오기도 해서 그만 자리를 뜨기로 했다.

요시토 혼자 집에 두고 나와 하루오는 오늘 묵을 호텔로 향했다.

백미러에 비친 손을 흔드는 요시토의 모습은 완전히 이 지역 사람으로 풍경에 녹아 있었다. 신선했고, 왠지 기뻤다. 이렇게 멀리까지 와서도 우리와 매일 있어 주네, 하고 행복하게 생각했다.

옆에 있는 목장에서 만든 우유를 아침 뷔페에서 마음대로 마실 수 있다고 해서 그 호텔로 정했다. 목장을 지나가는데 소들이 한가롭게 풀을 뜯고 있었다. 옆에 있는 숲가지 걸어간다는 소들. 자유롭게 살고 있다.

체크인을 하고 일단 따로 잡은 방에 들어가 쉬고 있는데, 내 짐을 가져다준 하루오가 침대에 뒹굴며 투덜거리기 시작했다.

"알고는 있었지만 좀 힘드네. 이런 때는 마이너리티한

기분이 들어. 평소에는 의식하지 않는데."

"그런 점에서는 도쿄가 편하지. 아직. 그리고 다양한 부류의 사람들을 잘 만나지 못하잖아, 평소에. 나는 눈앞에서 만화책 『어제 뭐 먹었어?』 같은 드라마가 전개되는 것 같아서 재미있었지만. 뭐 나도 집에서 떨려 나온 돌싱이라 인생의 한가운데를 걷고 있지 않으니까."

내가 말했다.

"여기도 도쿄도라고."

하루오가 말했다.

그 시선 끝에 바다와 하늘과 아담한 숲. 감정이 경치저 멀리로 열려 간다.

"가족도 요시토 인생의 일부잖아. 부모님은 손주를 기대하는 게 당연하고."

내 가슴과 엉덩이와 눈을 매달리는 듯한 눈길로 거푸 훑던 어머니의 표정이 떠올랐다.

내가 있어서 여러 가지 결정타적인 감촉이 확실히 엷어져 다행이었는지도 모르겠네, 하고 나는 생각했다.

"이제 뭐 할래?"

내가 별생각 없이 묻자 총알처럼 재빠르게 하루오가

대답했다. 주문처럼 끊기지 않는, 그가 그 자신을 기운 나게 하는 갖가지 계획.

“유유 목장 매점에 가고, 그다음 구사야 공장 매점에 가서 병에 든 구사야 된장을 사서 도쿄로 보내고, 민예 아키에서 시마나가시 티셔츠 사고, 옛 민가 카페에 가서 간식 먹고, 밤에는 술과 안주에 신선초 라면. 꼭 실현할 거야. 분해서. 가족끼리 단란한 시간에 끼워 주지 않아서.”

“거기까지 정해졌다면 같이 다니는 수밖에. 있지, 여기까지 와 준 내게 스시 그려진 에코백 사 줄래?”

내가 말했다.

“좋아.”

하고 하루오가 말했다. 주문을 읊은 효과가 있어 기분이 완전히 좋아졌다.

하루오와 차에 타고 있으려니 조수석에 앉은 나는 거의 그의 아내.

가게 사람들도 당연히 그렇게 여기고 우리를 대한다. 남녀 커플이란 정말 이 세상에 있기 쉬운 거라고 생각지 않을 수 없다.

어디를 달려도 양옆이 녹음으로 풍성하고, 남쪽인데 햇살이 조금 부드럽다. 이 섬으로 유배되어 고향을 그리워하면서도 이 섬 생활을 사랑했던 옛 사람들의 마음을 문득 느꼈다. 좋아하게 되었겠네, 이곳을.

나도 유배된 거나 다름없고 말이지.

우리는 계획한 일을 조목조목 돌파하고는 마지막으로 중국집에 갔다. 교자와 섬에서 나는 고추를 넣어 입이 얼얼하도록 매운 감자와 새 연골튀김을 안주로 신나게 먹고 마셨다. 그리고 마무리로 신선초 라면을 둘이 나눠 먹었다.

밤에는 호텔의 노천욕탕에 느긋하게 몸을 담그고 나서 일찍 잤다. 다음 날 아침 기를 쓰고 일어나 레스토랑에서 하루오와 합류, 눈앞에 있는 목장의 우유를 한껏 마셨다. 뷔페에 있는 카레도 먹었다.

호텔 사람들 모두가 여유롭고 인상이 좋았다. 밤에 늦게 자고 아침에도 늦게 일어난 우리에게 뷔페 담당 아주머니가 웃는 얼굴로 말했다.

"9시 되면 음식 추가는 더 없어요. 그래도 9시 반까지 천천히, 다 먹고 가요."

다른 곳이라면 이런 배려가 있으려나? 다들 빨리 가

라고 하겠지, 정말 정이 많은 섬이네, 하고 우리는 소곤거리고 홍차에 신선한 우유를 듬뿍 넣어 마셨다.

요시토가 호텔로 찾아와 함께 차를 타고 하치조후지로 향했다.

할 수 있으면 올라 보자는 계획이었다.

처음에 하루오의 기분이 좀 좋지 않았다.

요시토가 어제 부모님과 어떻게 지냈는지 얘기하자 듣기 싫다는 표정을 짓는가 하면, 부모님이 나에 대해 뭐라고 했어? 하고 집요하게 물었다.

엄마는 일을 잘하게 생겼네, 하던데. 그리고 아빠는 설마 너, 그거냐, 했고.

설마가 뭔 말이야? 그거냐가 뭐냐고? 나는 나라고.

내가 그렇게 따졌더니 아빠는 아무 말이 없었어. 그리고,

"건강하게 잘 지내면 됐지, 언제든 내려오너라."

라고 말했고.

그랬다고, 하고 하루오는 말했다. 둘이 한참이나 말이 없었는데 그때부터 둘의 분위기가 반전, 좋은 쪽으로 향

했다.

나는 그 광경을 바꿔어 가는 공기의 색을 보는 듯한 기분으로 바라보았다.

정말 좋아하는지도 모르지, 남자와 마주하는 걸 피하고 있잖아, 인생에 제대로 참가해야지. 그들에 대해 해도 그만 안 해도 그만인 말을 하는 사람이 아주 많았다.

그런 진부한 대답이나 갈등이 과연 필요할까.

사람은 어느 때는 욕구를 느끼고, 어느 때는 욕구마저 까맣게 잊고, 어느 때는 착 가라앉은 차분한 기분이 들고, 어느 때는 변덕스러워진다. 그 전부를 더한 것이 지금. 논리는 필요 없다. 무엇도 견디고 있지 않고, 상처 입어서 이렇게 된 것도 아니다. 굳이 말하자면 그들의 외모와 분위기를 좋아하는 그 정도다. 확실한 것은.

하치조후지의 1200개가 넘는 덜그럭덜그럭 흔들리는 돌계단 옆에 슬로프 비슷한 것을 만들고 미끄러지지 않는 소재를 깔아 놓은 사람을 정말 신이라고 생각했다.

그 길이 없었더라면 정상까지 가지 못했을 것이다.

7부 능선에 차를 세우고, 바로 코앞에 꼭대기가 있는

줄 알았는데 큰 착각이었다.

젊은 요시토가 앞서 휙휙 올라가고 나와 하루오는 쉬엄쉬엄 올라갔다.

다리도 머리도 지쳐 올 즈음 여기 옛날에 여자는 출입 금지였지 아마, 하고 멍하니 생각했다. 하기야 언제 어딜 가나 여자는 출입 금지 같은 매일이지만.

나야 뭐 「아재's 러브」라는 드라마에 등장하는 여자들 같은 존재니까, 어차피 조연. 그래서 더욱 편한 거지. 별 뜻 없이 그런 생각을 했다. 주역은 힘들다, 어떤 일로든 꼭 싸워야 하니까.

앞에 헉헉거리며 올라가는 하루오의 등이 있었다.

고등학생 시절 등산할 때도 이런 식으로 함께였는데, 하고 생각했다.

이렇게 오래 함께 있는 것을 사랑이라 해도 과언은 아니다. 성(性)은 아니어도 사랑. 꽉 잡거나 개념을 논하기 시작하면 사라져 버리는 것.

돌아보니 어제 우리가 먹고 마셨던 장소인 미쓰네 구역이 잘 보인다.

하늘에서 보니 저기서 먹고 마시고 취했던 우리 모습

이 참 귀여웠겠네. 우리는 생각할 수 없을 만큼 사랑스러웠겠어, 하고 신의 기분이 느껴진다. 인간이란 밤하늘에 빛나는 알알이 별 같은 존재. 밤 풍경을 구성하는 반짝이는 빛 같은 것.

위쪽에 철망으로 된 문이 있고 "추락 주의"라고 쓰여 있었다. 그 문을 지날 때 조금 긴장했다. 나는 등산은 안 하지만 등산로에 들어설 때 등산객의 이름을 쓰는 노트를 보면 기분이 찡해진다.

만약 돌아오지 못한다면 여기 남긴 이름이 자신이 이곳을 지나갔다는 유일한 증거가 된다.

겨우 도착한 꼭대기에서 사발처럼 생긴 분화구 안이 내려다보였다.

긴 세월 분화하지 않았기 때문에 초록에 뒤덮인 숲처럼 볼록볼록 부풀어 있다. 트램펄린 같아서 떨어져도 별 탈 없지 않을까 하는 생각마저 든다. 그 정도로 풍성한 녹음에 덮여 있다.

계단을 오르내리며 「너의 이름은.」 놀이를 하는 두 사람을 바라보고, 그 모습을 휴대폰으로 찍으면서 나는 생각했다. 강한 바람에 머리칼이 휘날렸다.

지금 돌풍이 불면 나는 순식간에 이 사발 안으로 굴러떨어지겠지. 그리고 보나 마나 죽겠지.

그런 자신을 상상했다.

차를 타고 7부 능선까지 올라와 계단 대신 슬로프를 오르고 오른 겨우 한 시간 삼십 분 정도의 등산.

사발 주위를 한 바퀴 빙 도는 길이 있고, 정상의 모습이 전부 건너다보인다. 걸어서도 돌 수 있는 것 같다.

멀리서 사람들이 드론을 띄워 사발 안을 촬영하고 있다.

새처럼 하늘에서 화구를 바라보고 싶은 것이리라.

내가 만약 바람에 날려, 또는 앞으로 고꾸라져 떨어진다면 마지막 보는 것은 아마도 깜짝 놀라는 요시토와 하루오의 얼굴.

이미지로 떠올린 그 부릅뜬 눈 속에 애정이 담겨 있다. 가지 마, 하는 마음이 담겨 있다.

마지막에 그런 모습을 보게 된다면 내 인생 나쁘지 않다.

그 눈에 비친 내 모습도 열심히 살아왔으니 귀여우리라. 아무도 모르는 지점에서 악을 피해 가며 소소하게 살아왔다. 그거 하나는 확실하다.

내 몸은 지면에 부딪쳐 부서지고 뭉개지고, 내 혼은 하늘 높이, 저 드론보다 높이, 새보다 빠르게 위로 위로 오른다.

별거 없던 인생이 별거 없이 끝났네, 아무것도 남기지 않고. 아, 기분 좋다. 그래도 지금 끝날 줄 알았으면 신선초튀김이나 더 먹을걸, 무침도. 그 정도 미련밖에 없다. 정말 대단한, 대단한 인생이다. 아무도 몰라주는 위대함이지만 정말 위대하다, 나라는 이 생명체.

타인과 아무리 친해지고, 그 사람을 잘 안다 여겨도 어차피 그 사람은 내 안에 살아 있는 그 사람에 지나지 않는다. 그 사람 본인이 아니다.

그러니 상상 속 죽음의 순간, 거의 떨어진 순간에 본 마지막 얼굴로 정말 슬퍼하고 걱정하는 눈이 떠오른다면 내 안에서 애정이 제대로 기능하고 있다는 뜻이다.

그러나 그들은 아니다, 실제로는. 이 세상은 그런 환영으로 구성되어 있다.

환영과 환영 사이에 따스하고 어렴풋한 공간이 있고, 사람과 사람은 그곳에서만 만날 수 있다.

실제가 어떨지 의심하기 시작하면 끝이 없다. 실제로 떨어져 보는 수밖에 없다. 그리고 그들 얼굴에서 멋대로 '이 녀석이 죽어도 별 상관 없지.'를 이끌어 내고 만다. 그런 사고 회로 때문에 손해를 보는 사람을 많이 알고 있다.

남편이었던 사람도 그랬다. 하루오에게 고추가 달려 있다는 이유 하나로 언젠가 어떤 계기로 잘못된 일이 생기지는 않을까, 자기보다 그를 더 좋아하는 것은 아닌가 언제나 캐물었다. 절대 없다고 할 수 있는지, 이 세상에 그와 단둘이 남게 되어도 아무 일 없을 거라고 할 수 있는지. 사귀기 시작했을 무렵에는 만났다 하면 늘 그런 말을 했다.

그에 반해 요시토는 느긋했다. 처음 한동안은 저러다 신발에 압핀이라도 넣겠다 싶을 정도로 질투를 하더니, 어느 때부터는 이런들 어떠하리 저런들 어떠하리의 심정으로 돌아섰는지 같이 파르페를 먹으러 가자느니 쇼핑을 하러 가자느니 하면서 친근하게 굴기 시작했다. 싫어해 봐야 좋은 일은 없으니, 뭐. 그리고 아소코 씨 목소리를 좋아하고. 그렇게 말했다.

그리고 작정하고 내 죽음을, 이 바람과 아름다운 경치

속에서 저 볼록한 숲으로 떨어져 인생의 마지막 순간을 볼 때를 상상했을 때 순간적으로 보인 그들의 걱정하는 표정이 진짜라면 그 어떤 부적보다 나를 확고하게 뒷받침해 주리란 것.

나는 잘못되지 않았다. 잘못된 사람들과 함께 있는 것이 아니다.

그런 것은 자기 자신만 알 수 있다.

나 자신에게 자신감을 갖는다는 것은 그런 일이다.

후들거리는 다리를 풀려고 전망 좋은 노천탕에 갔다.

어중간한 시간이어서 우리 외에 손님은 두 명밖에 없어 멋진 풍경을 독점하다시피 했다.

상쾌한 바람이 불어 드는 노천탕, 끝없이 너른 바다가 보였다. 낙원 같은 장소였다. 탕에서 나가고 싶지 않을 만큼의 절경에 몇 번이나 탄식이 흘러나왔다. 오길 잘했네, 그렇게 생각했다.

탕에서 나와 다다미 깔린 휴게실에서 시원한 물을 마시고 드러누워 바깥 풍경을 바라보고 있노라니 슬금슬금 잠이 들고 말았다.

둘의 목소리를 배경 음악으로 빛을 받으며.

몸은 따끈따끈하고, 발은 매끈매끈하고.

새롭게 다시 태어난 듯한 감각에 싸여서.

둘은 차를 마시면서 조잘조잘 수다를 떨고 있었다.

"잠들었네, 아소코."

"자는 얼굴이 어린애 같아."

"아소코, 남자처럼 털털해서 그만 잊어버린다니까. 여자라는 걸."

"그러게, 여자다움은 좀 부족하지. 가슴은 큰데."

"아소코에게 왜 가슴이 있을까. 없으면 셋이서 평생 낙원처럼 살 수 있을 텐데. 누군가 먼저 떠나도 남은 둘이 서로 의지하며 살아갈 수 있고."

"그 누군가는 어느 모로 보나 나잖아. 게다가 내게는 그런 게 낙원이 아니라고. 다른 사람과 섞여서 섹스하면 혼란스럽기만 하단 말이야. 순서가 뒤죽박죽 헷갈려서 오히려 육체적일 수 없다고. 옛날부터 그랬어. 그런 자리가 조금도 흥미롭지 않아서 내가 이상한 건가 했어."

"하루오, 성실하네. 그렇다는 뜻."

"어쩔 수 없어, 그건. 하지만 나도 젊을 때는 몇 번인가 여자와 사귀어 보려고, 물론 아소코 아닌 여자와 애써 봤는데, 안 되는 건 아니지만 아무튼 구멍은 그렇다 치고 젖가슴이 도무지."

"그렇게 불룩 튀어나와 있으니 겁나지."

"뭉클뭉클하고, 소냐고요. 애무를 해 봐야, 우엑."

어떤 험담을 듣기보다 스스로 어떻게 할 수 없는 것을 지적하면 상처받는다. 사이좋은 셋은 누군가 하나를 소외시키는 미학의 결정판이기도 하다. 좀 더 궁극적으로 생각하면 더없이 슬픈 시스템이다. 하물며 현생에서는 절대 바꿀 수 없는 육체이니.

"미안하네."

살짝 울먹이며 나는 그렇게 말하고 말았다.

둘은 엄청나게 당황해서 서로를 한바탕 욕했다.

네가 잘못했지, 여성 전반 얘기를 아소코 얘기인 것처럼 했잖아. 보는 앞에서 말해도 험담은 험담이라고. 지금 한 말 나빴어. 그렇게 말한다고 어떻게 할 수 있는 일도 아닌데. 네 고추가 작은 것과 마찬가지잖아. 그만 흥분해서들, 미안. 아니, 내가 잘못했어, 미안. 서로 어깨를 툭툭. 내 털 없는 무릎을 쓰담쓰담.

말의 홍수가 과해서 또 눈물이 쏙 들어갔다.

부옇게 번진 풍경 속에 프리지아 꽃이 예쁘게 장식되어 있었다.

“괜찮아. 아소코 젖꼭지는 핥을 수 있어. 그다음에 입을 헹굴지는 몰라도.”

“나도! 아주 잠깐은 할 수 있어. 믿어 줘!”

그들은 저마다 그렇게 말하고 간절한 눈빛으로 나를 보았다.

“겨자 발라 놓을 거야. 호빵맨도 그려 놓고.”

내가 낮은 코맹맹이 소리로 말했다.

아, 조금 전에 본 이미지 속 둘과 같은 눈이네, 하고 생각하면서.

잠시 기분 나쁜 척하면서 좋은 대접을 받은 거야, 그 정도는 괜찮겠지, 하고 생각했다.

“마지막 밤인데 뭐 먹을래?”

운전하면서 요시토가 물었다. 나는 뒷좌석에 혼자 널널하게 앉아 창밖을 보고 있었다.

차창을 열어 놓아 바람 소리가 세다. 그 탓에 드문드

문 말이 잘 들리지 않아 대화에 정확하게 참여할 수 없다. 적당히 고개를 끄덕이거나 잠자코 있었다.

"언제까지 들어가면 돼, 집에?"

조수석에서 하루오가 물었다.

이 각도에서 보는 하루오가 신선했다. 이제 나이가 제법 들었네, 고등학생 때는 가녀리던 턱선이 약간 늘어졌다. 그러니 내 젖가슴도 늘어질 만하다. 산에서도 생각했지만 고등학생 때부터 보고 있네, 이 뒷모습을. 만나서 정말 다행이지, 그렇게 생각했다.

"부모님은 어차피 9시면 자니까 몇 시에 들어가나 마찬가지야. 열쇠 있어."

"그럼 느긋하게 마실 수 있는 곳이 좋겠군."

"피자도 좋고."

"피자도 좋네. 그럼 피자 먹고 중국집 양산박에서 술. 피자 먹고 긴파치에서 사시미 안주로 술."

"아, 조금 전에 검색해 봤는데 '나사케시마'는 직매는 안 하는 것 같아, 하치조코하쓰 회사의 본격 소주. 그러니까 내일 들르지 말고 공항에서 사면 되지 않을까. 그럼 피자 먹을 시간 있어. 술은 감자랑 보리 두 가지 사고."

"한 되 병이면 보내 달라고 하자."

"배송료 비싸고 날씨가 나빠지면 중단되니까 그냥 들고 가는 편이 빠를 거야."

"그럼 택시 타고 돌아가자."

"그렇게 헤프게 막 쓰면 노후 생활이 힘들어진다고."

"아니죠. 돈을 써서 시간을 사는 겁니다! 젊은 사람이 다 들어다 준다면야 얘기는 다르지만."

"정 그러면 나도 들게."

뒷좌석에 누워 있다가 또 티격태격하는 두 사람에게 그렇게 말한 내 기분은 거의 「시체들의 새벽」 1978년 판의 한 장면과 비슷했다. 주인공인 피터가 좀비에게서 필사적으로 탈출해 헬리콥터에 올라탔는데 이륙하자마자 헬리콥터를 조종하는 임산부에게 "연료가 별로 없다."라는 말을 듣고 "올라잇." 하고 중얼거리는 장면.

어떻게든 된다. 비관도 낙관도 아니다. 눈금은 언제나 가능하면 한가운데에. 가능하면 빛과 물속에. 정은 절대 버리지 않고.

## 작가의 말

별 거 아닌 이야기.
특별한 일도 없고.
등장인물 각자에게 나름의 상처가 있다.
그러나 그들은 그저 인생을 바라볼 뿐.

오래도록, 이런 소설을 쓰고 싶었다.
동그랗게 마무리되어 있어 눈에 띄지 않는다.
하지만 벼랑에서 내려다보듯,
바닷물 속에서 발밑을 내려다보았더니 바닥이 아주

멀리 있을 때처럼,

높고 전망이 좋은 곳에서 거리를 내려다보듯,

왜 그렇게 느끼는지조차 모르게, 마법에 걸린 듯 기묘한 깊이가 있어,

언젠가 어디선가 누군가의 마음을 치유한다. 그러나 읽은 사람은 치유되었다는 것조차 깨닫지 못한다. 어, 읽었더니 조금 가벼워졌네. 조금 살기가 쉬워졌네. 숨쉬기가 편해졌네. 그 소설 때문인가? 설마.

그런 정도가 좋다. 그래야 긴 시간을 두고 그 사람을 구할 수 있다.

짧은 여행을 자주 했던 삼십 년 동안의 경험을 담아, 시간을 들여 겨우 완성한 책.

지금까지의 인생에서 『막다른 골목의 추억』이라는 작품집은 하나의 도달점이었다. 그로부터 대략 이십 년. 이제야 그다음 산을 넘을 수 있었다.

보다 자연스럽게, 보다 가볍게.

그러나 보다 많은 눈물과 피를 흘렸다.

이 책을 출판했으니, 더는 후회가 없다.

은퇴해도 상관없다.

그렇게 안심한 상태에서 써 나갈 인생에, 세 번째 산, 세 번째 정상이 기다리고 있다면 기쁘겠지만. 그건 신만이 안다.

거의 이십 년 동안, 줄곧 함께해 준 신초샤의 가토 기레이 씨에게 진심으로 감사합니다. 고맙습니다.

잡지 《신초》에 게재할 때마다 멋진 감상을 들려주신 야노 유타카 씨도 감사합니다.

그리고 이 책을 만들기 위해 취재에 협력해 주신 여러분, 현지를 안내해 주신 다이라 아이린 씨, 오하라 다쿠지 씨, 조르지오 아미트라노 씨, 다이산신세이마루, 고미야야마 요시토모 씨, 다카마쓰 야요이 씨, 가노 겐지로 씨, 감사합니다.

'피쉬프 퀴체(fischiff KÜCHE)'라는 그의 카페를 찾을 때마다 그 고요하고 멋진 감각에 감동해서 한 번은 상정을 부탁하고 싶었던 니키 준페이 씨, 감사합니다. 이렇게 감동하고 있는데, 가게 이름은 평생 기억할 것 같지 않으니, 나이 탓일까요.

이 작품들에 등장하는, 모든 여행지에 함께 한 사람들에게도 진심으로 감사를 드립니다. 여러분이 만들어 준 한순간 한순간이 이 소설 속에 숨 쉬고 있습니다.

그리고 읽어 주신 여러분께, 감사합니다. 조금이라도 여행을 떠나고 싶어지거나 인생의 허망함이 엷어진다면, 더할 나위 없겠죠.

언제까지나 지금 이 자리에서 게으르게 뒹굴고 싶지만, 무거운 엉덩이를 들고 과거에 작별을 고하고, 돌아보지 않고, 하지만 즐겁고 여유롭게, 저 멀리 보이는 다음 산을 향해 걸어 보겠습니다.

요시모토 바나나

옮긴이 김난주

1987년 쇼와 여자대학에서 일본 근대문학 석사 학위를 취득했고, 이후 오오쓰마 여자대학과 도쿄 대학에서 일본 근대문학을 연구했다. 현재 대표적인 일본 문학 전문 번역가로 활동하며 다수의 일본 문학 및 베스트셀러 작품을 번역했다. 옮긴 책으로 요시모토 바나나의 『키친』, 『하드보일드 하드럭』, 『하치의 마지막 연인』, 『암리타』, 『막다른 골목의 추억』, 『서커스 나이트』, 『주주』, 『나와 맞지 않는 것을 하지 않는 것』, 무라카미 하루키의 『태엽 감는 새 연대기』, 『세계의 끝과 하드보일드 원더랜드』, 『포트레이트 인 재즈』, 『해뜨는 나라의 공장』 등과 『겐지 이야기』, 『모래의 여자』, 『기린의 날개』, 『천공의 벌』 등이 있다.

손모아 장갑과 가여움

1판 1쇄 찍음 2026년 1월 13일
1판 1쇄 펴냄 2026년 1월 20일

지은이 요시모토 바나나
옮긴이 김난주
발행인 박근섭, 박상준
펴낸곳 (주)민음사

출판등록 1966. 5. 19. 제16-490호
주소 서울특별시 강남구 도산대로1길 62(신사동)
강남출판문화센터 5층 (우편번호 06027)
대표전화 02-515-2000 | 팩시밀리 02-515-2007
홈페이지 www.minumsa.com



ISBN 978-89-374-4633-7 03830